# HASCHISCH ERZÄHLUNGEN

OSCAR A. H. SCHMITZ

Urheberrecht © 2022 Culturea
Verlag: Culturea (34, Herault)
Druck: BOD - In de Tarpen 42, Norderstedt (Deutschland)
ISBN: 9782385081157
Erscheinungsdatum: September 2022
Layout und Design: https://reedsy.com/
Dieses Werk wurde mit der Schrift Bauer Bodoni komponiert
Alle Rechte für alle Länder vorbehalten.

## HASCHISCH

> Oh! là là! que d'amours splendides
> j'ai rêvées! (Arthure Rimbaud).

## DER HASCHISCHKLUB

AN einem Abend des Winters 189* befand ich mich in einem wenig besuchten Pariser Speisehaus. Während ich, ohne meiner Umgebung zu achten, ausschliesslich mit der Mahlzeit beschäftigt war, hörte ich neben mir eine halblaute Stimme, die sich an den Kellner wendete. Die trotz dem fremdländischen Akzent gewandte Ausdrucksweise, welche Vertrautheit mit den Boulevards verriet, fesselte meine Aufmerksamkeit, und ich erkannte in dem schlanken, diskret blonden, schon etwas alternden Dandy den Grafen Vittorio Alta-Carrara. Ich beobachtete, während er, ohne mich zu sehen, sein Menü zusammenstellte, dass sich die vertikale Tendenz seiner Linien seit unserem letzten Zusammentreffen noch verstärkt hatte und eine unübertreffliche Kunst des Anzugs dieser Veranlagung durchaus gerecht wurde; die schmalen langen Beine liess er in die schlanksten Stiefel auslaufen, während die fast entfleischten Finger in spitzbogenförmigen Nägeln endigten. Seine dünnen Lippen, die keine Sinnlichkeit merken liessen, hatten neben dem „ennui" eine gewisse Bitterkeit angenommen, die seine kühle Persönlichkeit fast menschlicher und etwas nahbarer erscheinen liess.

„Ah, Sie sind in Paris", sagte der Graf und zeigte sich nur aus Liebenswürdigkeit erstaunt, obgleich zwischen unserem letzten Zusammentreffen und diesem Abend in Paris mehrere Jahre und Länder lagen.

Wir hatten uns einmal in einem römischen Salon kennen gelernt, wo wir eines Abends nach dem Brauch des Landes, jeder mit einer Teetasse in der Hand, zwischen seltenen Statuen eine Stunde lang nebeneinander standen. Später erfuhr ich, dass er einen kalabrischen Vater hatte, der ihn in einer geheimnisvollen Schwärmerei für die grossen, blondhaarigen Frauen des Nordens mit einer ziemlich untergeordneten Norwegerin erzeugt hatte, die immerhin blond und schlank genug war, um den phantastischen Südländer den Duft der Freiaäpfel wenigstens von weitem wittern zu lassen.

Ein anderes Mal sah ich den Grafen in einem abgelegenen niederländischen Museum, wo er nach den Fragmenten eines unbekannten Kupferstechers, Allaert van Assen, suchte. Dieser Meister  so versicherte er  hatte in Höllenszenen sehr sinnreiche Foltern dargestellt, die beweisen sollten, dass der Schmerz eine gesteigerte Lust sei, dass nur törichte Menschen nicht nach den Genüssen einer ewigen Verdammnis lechzen könnten. Die Inquisition hat diesen Satanisten, der sich nach Spanien verirrte, mit Schneeumschlägen auf Herz und Hirn, wohlweislich und langsam verbrannt und seine Werke vernichtet oder entstellt. Zum letzten Male hatte ich den Grafen im Handschriftenkabinet einer kleinen deutschen Stadt gesehen, wo er einen arabischen Kodex auszog, der, wie er schwur, die ganze erotische Literatur der Europäer überflüssig machte.

Heute abend war Alta-Carrara wenig mitteilsam. Seine ganze Aufmerksamkeit schien von den Speisen gefesselt zu sein, die ihn, nach seiner besonderen Anweisung zubereitet, durchaus zu befriedigen schienen. Plötzlich unterbrach er sich bei einer Kastaniensuppe, die ihm eine Erinnerung wachzurufen schien:

„Haben Sie nicht einmal einen Vers gemacht  so etwas wie . . .

... und eine Lust, gepflückt in tausend Lanzen,

der sich die Seele wie aus früherm Sein

entsinnt, verklärt mit gelbem Morgenschein

die Tiefen, die das Leben schwarz umgrenzen ...?

Sehen Sie, diese Lust aus tausend Lenzen, dieses Haschischparadies darstellen, das wäre grosse Kunst, aber wir alle reden nur davon, wir schaffen es nicht. Die neue Kunst müsste den Haschisch, das Opium entthronen ...!"

Ich war überrascht. Niemals hatte ich diesen blassen Menschen so eindringlich mit dem Ton unverkennbarer Aufrichtigkeit reden hören. Und das geschah wegen einer Strophe, die ihn unbefriedigt liess. Ich war bisher geneigt gewesen, ihn nur für einen gebildeten ästhetischen Dandy zu halten. Nun aber kam es mir fast vor, von ihm einen Schrei nach der Unendlichkeit zu hören aus jenem seltsamen Schmerz heraus, der heute manche Geister verwirrt, die früher in gewissen feineren Richtungen des Christentums Genugtuung fanden, vielleicht heute noch finden würden, wenn nicht bestimmte Kapellen (wer weiss auf wie lange) verschlossen wären. Ich hatte an diesem Abend noch keine Gelegenheit gehabt, den Augen Alta-Carraras zu begegnen und beobachtete erst jetzt jenes beinahe angestrengte Starren, das aussermenschliche Horizonte zu berühren sich abmüht, Ausblicke in künstliche Paradiese sucht, zu denen nur die satanischen Drogen, die der Graf bereits genannt, den Übergang gestatten. Wir hatten ungefähr gleichzeitig die Mahlzeit beendet, während der Alta-Carrara wieder in die bewusste Zurückhaltung eines einsamen Menschen getreten war, der glaubt sehr höflich gewesen zu sein, weil er ein paar Worte gesprochen hat.

„Ich werde diesen Abend mit Freunden verbringen," sagte er plötzlich. „Vielleicht haben Sie Lust und Zeit, an unserer Gesellschaft teilzunehmen?"

Ich war wieder überrascht. Alta-Carrara kannte mich kaum. Er konnte von mir nicht viel mehr mit Sicherheit beurteilen, als die Qualitäten meines Schneiders. Eine unüberlegte Höflichkeit war diesem stets bewussten Menschen nicht zuzutrauen. Ich musste also eine Beziehung annehmen zwischen jener Strophe, die er vielleicht für ein Pantakel meiner Persönlichkeit hielt, und dem Charakter der Gesellschaft, in die er mich einführen wollte.

Wir fuhren nach dem Viertel Batignolles. Unterwegs hoffte ich einige vorbereitende Bemerkungen über den Freundeskreis Alta-Carraras zu hören. Er sprach indessen mit oberflächlicher, fast graziöser Leichtheit über die verschiedensten Dinge, ohne gerade Dummheiten zu sagen. Ich fühlte, dass es ihm nur darum zu tun war, ein neues Stillschweigen zu vermeiden. Nachdem wir die sechs Treppen eines modernen Mietshauses erstiegen, wies man uns in einen weiten, atelierartigen Raum. In dem dämmerigen Licht rotverschleierter Kerzen gewahrte ich mehrere Männer, die in bequemen, wie mir schien, orientalischen Kleidern auf niedern Polstern lagen. Zwischen den Ruhebetten standen Taburetts mit Nargilehs und dampfenden Duftschalen. Ein sanfter Geruch brennender Harze vermengte sich mit dem Rauch leichter englischer Zigaretten. An den dunkelroten Wänden hingen tiefschwarze Radierungen und Stiche, deren kaum erkennbare Darstellungen wie die Gesichte eines Alpdrucks auf uns niederstarrten. In den Ecken unterschied ich zwischen fremdartigen Gewächsen altmodische musikalische Instrumente wie seltsame Reptilien. Man bewegte sich kaum bei unserem Eintreten. Leichte Grüsse wurden getauscht. Alta-Carrara machte schweigend eine Handbewegung, als stelle er mich vor. Dann liessen wir uns auf Kissen nieder. Von einem zwischen uns stehenden Tischchen nahm der Graf einige Haschischpillen und bot mir lächelnd die Schale.

„Die Umherliegenden", erklärte er halblaut, „befinden sich in einem Zustand der Angeregtheit, den man nicht Rausch nennen kann. Sie haben nur ganz geringe Dosen Haschisch geschluckt. Sie werden sie in logischen Wortfolgen reden hören, nur vielfachere, seltsamere Zusammenhänge finden sehen, als sie sich sonst erkennen lassen. Wenn wir Glück haben, können wir uns wie in einer Versammlung plötzlich erleuchteter Künstler befinden, denen fabelhafte Worte von den Lippen fliessen, von deren Glanz sie morgen kaum selbst noch etwas ahnen. Andere verzichten auf den Genuss des Haschischs und bewundern die Wirkung, die er in den übrigen hervorbringt. Wer dazu imstande ist, wird durch Musik oder seltsame Erzählungen den Vorstellungen der übrigen besondere Richtungen zu geben suchen. Werfen Sie einmal einen Blick durch diese offene Tür in die Nebenräume; dort befinden sich die, welche ganz in die Abgründe der Unbewusstheit versinken wollen."

Ich sah in der Dämmerung schlafende Menschen vor venetianischen Spiegeln ausgestreckt.

„Durch die bunten Glasblumen der Spiegel glauben sie in fabelhafte Wasserteiche unterzutauchen", sagte der Graf. „Die beiden auf Zehen herumgehenden Männer sind geschickte Diener, die sie gegen Kälte und Durst schützen, da sie in ihrer Willenslähmung vorziehen würden, die Lippen verbrennen zu lassen, als das vor ihnen stehende Getränk selbst an den Mund zu führen."

Ich beschloss gleich meinen Nachbarn durch eine leichte Haschischdosis nur die Sinne zu verfeinern, die Hemmungsvorstellungen des oft ungerufen tätigen Intellekts zu beseitigen, kurz, ein gesteigertes Leben zu geniessen.

Es herrschte grosse Ruhe in dem Raum. Bisweilen fielen einzelne französische Worte, deren Aussprache mir verriet, dass die Anwesenden teils Fremde waren. Ich mochte eine halbe Stunde träumend gewartet haben, als in einer Ecke auf einem Clavichord und einer Gambe ein altmodisches italienisches Divertimento gespielt wurde. Ich fühlte mit besonderem Behagen, wie diese Musik mich und die Gegenstände rings durchdrang, durchblutete, durchglomm. Es schien mir ganz selbstverständlich, wie nun alles aufglühte. Das war die eigentliche Farbe des Lebens. Vorher hatten die Dinge geschlafen. Alles rings war leicht und vor allem sehr gütig. Die Undurchsichtigkeit der Gegenstände schien aufgehoben; alles war farbiges Glas, hinter dem sich nichts mehr verbarg; die Wortfolgen, die ich hörte, waren bestimmt und einfach, wie mathematische Sätze, schienen in Zahlen auflösbar. Mit einem Blick übersah ich Zusammenhänge, die sonst das Ergebnis mühseliger Überlegung sind; die Worte funkelten in den verschiedenen Farben aller Sprachen. Die Silben „Kirche" klangen zugleich gross und hell wie ‚église", misstrauisch-puritanisch wie „church". Die Buchstaben „Wort" enthielten gleichzeitig das talismanähnliche „logos", das runenhafte „waurd", das spitze fliegende „mot", die ein wenig gewichtig aufgeputzte „parole". Bei allen Silben klangen wie Untertöne halbverwehte Reime mit; ich roch, sah, schmeckte jedes Wort, ich fühlte es an wie Seide oder Marmor; ich sah nicht mehr bloss Flächen, sondern ganze Körper von allen Seiten zugleich. Und dieser plötzliche Reichtum der Wirklichkeit, aus der ich keineswegs heraustrat, machte mich übersprudelnd glücklich und dankbar, so dass ich gern anderen Leuten Gutes getan hätte, gesetzt, dass ich dabei auf der Ottomane ausgestreckt bleiben konnte. Ich war mir übrigens vollkommen bewusst, wo ich mich befand. Mir schien, ich hätte eine farbige Brille auf. Wenn ich wollte, konnte ich aber auch an den Gläsern vorbeischielen und sehen, wie unbestimmt, verwirrt und verstaubt das Leben eigentlich ist. Ich war Herr meines Willens und konnte nach Laune die Dinge wirklich und gefärbt betrachten.

Während die dunkelroten Tapeten wie Glaswände erglühten, hinter denen fabelhafte Sonnen in tollen Glutausbrüchen versanken, erhob sich vor diesem blendenden Hintergrund plötzlich ein Kopf, der sich so ungeheuer ausdehnte, dass er mein ganzes Gesichtsfeld einnahm. Zwischen dem reichen rötlichen Bart bemerkte ich feste, dünne Lippen. Das blasse Gesicht war fast starr, und in der Erinnerung meine ich, es hätte bisweilen leichenhaft grüne und violette Reflexe angenommen. Dieser Mann sagte, er sei in Deutschland geboren, und so möge man ihm die unvollkommene Aussprache des Französischen verzeihen. Seine klaren verständlichen Worte erweckten meine Neugier. Bewusst hielt ich mich wieder an der Wirklichkeit fest und beschloss, dem Mann aufmerksam zuzuhören, in dem ich denselben erkannte, der vorher auf einem Clavichord gespielt hatte. So leicht es mir auch wurde, im Geist seinen Worten zu folgen, so froh war ich, dabei den Körper nicht bewegen zu müssen. Er erzählte eine Geschichte, aus der mir Bilder und Gespräche mit einer Deutlichkeit im Gedächtnis geblieben sind, wie sie eigene Erlebnisse selten behalten. Es ist mir gelungen, die Zusammenhänge dieser Einzelheiten wieder zu finden:

## DIE GELIEBTE DES TEUFELS

VOR fünfzehn Jahren trieb mich die Not, eine Kapellmeisterstelle in einer britischen Provinzialstadt anzunehmen. Die verhältnismässig geringe Bosheit der Menschen in meiner Vaterstadt hatte mir gestattet, ein ziemlich zwangloses Leben mit dem Besuch der Salons zu verbinden; ja, ich durfte mir erlauben, dorthin einen leichten Duft von draussen zu bringen und gewisse Vorrechte eines verwöhnten, unartigen Kindes zu beanspruchen. Das ist nun ein halbes Menschenalter her. Aus dieser Umgebung sah ich mich plötzlich in die bürgerlichste englische Atmosphäre versetzt, deren Charakter das Wort „respectability" durchaus bezeichnet. Stellen Sie sich eine Stadt vor, deren Häuser mit einem rauchigen Schwarzrot bestrichen und durch winzige Fenster von kümmerlicher Gotik erhellt sind. Zum Öffnen werden die Scheiben hinaufgeschoben, so dass der sich herausbeugende Kopf gewissermassen unter einer Guillotine liegt; denken Sie sich Strassen von ungesunder, gleichsam desinfizierter Sauberkeit, die an die kranke Fadheit gewisser nie schweissabsondernder Häute erinnert, deren Poren gegen Ausdünstung geschlossen sind. In diesen Strassen bewegt sich eine lautlose Bevölkerung. Alle sind peinlich korrekt gekleidet. Die Männer tragen Anzüge von der Farbe schmutziger oder vom Regen aufgeweichter Landstrassen. Die Gesichter müssen einmal im Augenblick verzweifelter seelischer Stumpfheit, von einem fürchterlichen Ereignis entsetzt, stehen geblieben sein. Überall glaubt man Versteinerungen zu sehen. Keine Kaffee- und Speisehäuser beleben die Strassen, nur heftig riechende Whiskyausschänke. Meine Tage spielten sich daher in einem boarding-house ab, an dessen Tafel sich eine Gesellschaft spärlich blonder, lymphatischer Menschen versammelte; die roten Pusteln in den wässerigen, bartlosen Gesichtern, die langen Gliedmassen, und besonders die wie von einer Maschine hervorgebrachten wärmelosen Stimmen erweckten in mir anfangs nur ein kaltes Starren. Fast den ganzen Tag wurden durch die in ihrer Düsterkeit endlos scheinenden Gänge und Speiseräume von verschwiegenen Bedienten zugedeckte Schüsseln und Platten mit riesenhaften blutenden Braten getragen. Schon um neun Uhr morgens hatte man dicke Ragouts und schwere Pasteten verzehrt, so dass ich mich schon früh in jenem dumpfen Zustand befand, der einen nach zu reichlicher Mahlzeit überkommt. Ein breidickes, schwarzes bitteres Bier lockt den gradlinig denkenwollenden Geist in einen Sumpf. Das Blut verdickt sich bis zur Stagnation, man fühlt das Gehirn wie eine warme schwere Masse im Kopfe lasten, in der ein spitziges böses Ding fest steckt: der Spleen.

Meine Tätigkeit bestand in der Leitung eines nach deutschem Muster begründeten musikalischen Klubs, in dem sich die Gesellschaft von H. angeblich zur Pflege klassischer Komponisten versammelte. Die eigentliche Ursache der Zusammenkünfte war jener geistlose Flirt, den das provinziale englische Bürgertum so über alles liebt, worin es beständig die Instinkte verflüchtigt, ohne nach stärkeren Entladungen zu verlangen. Die hartnäckige Weigerung, sonst an der Geselligkeit teilzunehmen, meine ziemlich extravaganten Halsbinden und Westen setzten bald die zweifelhaftesten Gerüchte über mich in Umlauf. Obwohl mir, dem interessanten Fremden, alle Häuser dieser vor Neugier und Langeweile vergehenden Stadt offenstanden, fühlte ich mich nur zu einem Kreis ein wenig hingezogen, der für die Gesellschaft überhaupt nicht da war, da ihm die verachtetsten Menschen angehörten. In einem Keller der übelsten Vorstadt versammelten sich nachts die Mitglieder einer kleinen hungrigen Schauspielertruppe, deren groteske, oft recht abgeschmackte Sitten mich immer noch mehr anzogen, als die abgezirkelten jener blutlosen Gesellschaft. Diese Schauspieler, zum Teil verkommene Talente, hatten sich der einzigen Panazee ergeben, die gegen den Jammer des englischen Lebens besteht: dem Whisky. Ich verbrachte mit ihnen, meist nüchterner als sie, in dem rauchigen trüben Keller eine Reihe von Winternächten, die mich vielleicht sonst zum Selbstmord getrieben hätten, und nicht eher verliess ich die hagern, pathetischen Zecher, als bis ich sie mit verzerrten

Gesichtern in der Emphase der Betrunkenheit ihre Lieblingsrollen durcheinander schreien hörte. Wenn ich dann, von Müdigkeit übermannt, diese Stimmen nicht mehr ertrug, stieg ich in die reine Winternacht empor und unterschied noch in dem ferndumpfen Geheul unter dem harten Schnee Verse aus Hamlet und König Lear. Oft beklagte ich selbst diese Ausschweifungen, die mich halbe Tage verschlafen liessen. Aber immer wieder floh ich zu den Schauspielern; denn wenn der Abend kam, jener feuchte neblige Abend, mit seinen Schauern der Kälte und des Schreckens, dann trat in mein Zimmer das dümmste der Gespenster, dessen Namen wir uns schämen einzugestehen, das es besonders auf die germanischen Rassen abgesehen zu haben scheint: die Sentimentalität. Wie oft hatte ich die Nachmittage über einem Buche verbracht, das mich weit von der Wirklichkeit entfernte, aber leise, wenn die Dämmerung kam, fühlte ich, wie sich die feucht-kalten Hände des Gespenstes, die zu liebkosen scheinen möchten, um meine Stirn, über die Augen legten und mich am Weiterlesen hinderten. Ein Wort hatte vielleicht begehrliche Schwächen in mir erweckt und nun war ich für den Abend der grausamen Macht verfallen. Oder zwischen mein Klavierspiel tönte eine gleichgültige Stimme vom Vorplatz herein, oder ich atmete den Duft des Tees, einer Zigarette, und ich war ein Sklave der nie in ihrer Entsetzlichkeit genannten Gewalt, denn man begnügt sich vor ihr wie über eine süsse Torheit zu lächeln. Ich aber behaupte, dass uns dieser hinterlistige Feind in den Rausch stösst, wenn wir gern nüchtern blieben, dass er Angst vor uns selbst, vor dem Alleinsein erweckt, denn wir wissen, dass er dort auf den Möbeln liegt, Düfte aus gottlob vergessenen Stunden erweckt, alberne Melodien aus dem Flügel lockt und auf den Blumen der Tapeten Gestalten schaukeln lässt, die uns zurufen, und zwar mitleidig, dass wir das Leben versäumt haben. Wir halten das nicht aus, wir rennen davon und alles, was uns der Zufall entgegenwirft, ist uns recht, um über einige Stunden hinwegzukommen. Und dieses unsinnige Wesen daheim tut dann beleidigt, ja als verletzten wir unser Bestes, und aus Widerspruch gegen dieses altjüngferliche Gespenst Sentimentalität besudeln wir uns nach Kräften.

Täglich wartete ich auf einen Umschwung in meinem Leben, denn ich konnte mir nicht denken, dass diese ernsthaften, vorsichtigen Händlerfamilien ihre musikalischen Bedürfnisse lange Zeit durch ein so zweifelhaftes Wesen, wie ich war, befriedigen würden.

Eines Morgens unterbrach ein ausserordentliches Ereignis diesen Winter. Ich erhielt einen Brief mit dem Poststempel der Stadt. Die Schrift war offenbar verstellt. Unter der üblichen steifen Korrektheit der englischen Kalligraphie beobachtete ich eine auffallende Beweglichkeit der Züge, phantastisch angelegte Majuskeln, die mich überraschten. Ich suchte vergeblich nach einer Unterschrift. Das Schreiben lautete:

„Zweifellos, mein Herr, sind Sie der bemerkenswerteste Mensch in H., was übrigens nicht viel heissen will. Seit voriger Woche bin ich von einer Reise zurück und beobachte überall, dass sich die Einbildungskraft dieser Stadt fast ausschliesslich mit Ihnen befasst. Ich habe Sie nicht gesehen, aber man sagt mir, dass Sie totenhaft hässlich sind. Ich möchte Sie kennen lernen. Da mich das Äussere eines Menschen besonders der nicht angelsächsischen Rassen sehr leicht abschreckt, möchte ich mich mit Ihnen unterhalten ohne Sie zu sehen; wie, das lassen Sie meine Sorge sein. Vorläufig schreiben Sie mir nur, ob es Ihnen der Mühe wert scheint, die Bekanntschaft einer Persönlichkeit zu machen, die Ihnen nichts anderes verrät, als dass sie eine Dame ist." „Es scheint mir der Mühe wert," schrieb ich ohne Zögern, denn selbst ein schlechter Scherz hätte meinem Leben Abwechslung gebracht. Ich brauchte nicht lange nach der Baumhöhle im James Park zu suchen, wo ich meine Antwort niederlegen sollte.

„Ich halte Sie für klug genug," so endete der Brief, „den Reiz dieses Abenteuers nicht durch Belauern des Abholers zu stören. Sollten Sie die Geschichte durch eine Unklugheit verderben, so hätte ich eine missglückte Unterhaltung zu bedauern."

Am nächsten Tag erhielt ich folgende Einladung: „Montag nachmittag sechs Uhr erwartet Sie Ecke Pier Road und King Street ein Coupé, das Ihnen der Kutscher auf die Parole ‚Miramare' öffnen wird."

In der Tat fand ich dort an dem bestimmten Tag in der Dunkelheit des frühen Winterabends unter einem Gasarm ein Coupé. Der Kutscher starrte, einer ägyptischen Basaltgottheit ähnlich, regungslos vor sich hin. Auf den Ruf „Miramare" sah ich ihn eine kurze automatische Handbewegung machen. Der Wagen öffnete sich von selbst. Das elektrisch beleuchtete Innere war in Resedafarbe gepolstert und strömte einen leichten Verbenengeruch aus. Sofort schloss sich hinter mir die Tür und der Wagen setzte sich in Bewegung. Auf einem Eckbrett fand ich Zigaretten. Ich wollte auf den Weg achten, doch als ich die Vorhänge zurückschlug, bemerkte ich, dass statt der Fenster hell polierte Holzplatten in die Wagenschläge eingelassen waren. Zum Öffnen der Türen gab es keinerlei Handhaben. Ich war also ein Gefangener, bis es dem basaltnen Kutscher einfiele, auf den Knopf zu drücken. Nur ein undurchsichtiger Ventilationsapparat an der Decke verband mich mit der Aussenwelt. Die fast lautlose Bewegung der Gummiräder machte mir unmöglich zu unterscheiden, ob ich über Pflaster fuhr oder ob wir die Stadt etwa verlassen hätten. Die Fahrt dauerte erheblich länger als eine einfache Strecke in der kleinen Stadt; doch der Kutscher konnte ja den Auftrag haben, durch Umwege meine Vermutungen irre zu leiten. Mein Aufenthalt in der duftenden Helle dieses rollenden Boudoirs war indessen durchaus erträglich. Ich versuchte die Zigaretten, deren auserlesene Qualität ich feststellte. Plötzlich hielt der Wagen an. Während ich draussen Stimmen vernahm, erlosch die elektrische Birne. Der Schlag öffnete sich. Ich sah ein verschneites Gehölz, ein Stück Nachthimmel und ein anderes Coupé. In wenigen Sekunden glitt geschmeidig wie ein fremdländisches Tier eine schwarzgekleidete Gestalt herein, die so dicht verschleiert war, dass ich weder Alter noch Statur erkennen konnte. Sofort schloss sich der Schlag hinter ihr, der Wagen fuhr weiter. Das Wesen hatte sich in der Finsternis neben mir niedergelassen. Ich beschloss, sie zuerst reden zu lassen. Vorläufig war nichts wahrzunehmen, als das Knistern und der Duft schwerer Seide. Dann sagte eine sichere ziemlich tiefe Frauenstimme:

„Geben Sie mir bitte Ihre Streichhölzer."

Ich fühlte ihre Hand an meinem Arm. Sie verbarg meine Zündhölzer, wie mir schien, in ihrem Kleid.

„Geben Sie mir Ihren Revolver!" sagte sie darauf kurz und bestimmt.

„Ihren Revolver", drängte sie.

Ich versicherte ihr, dass ich nie einen Revolver bei mir führe, da ich mir bei meiner Erregbarkeit mehr Unheil als Schutz damit schaffen würde.

„Ausser heute," bemerkte sie halb ironisch.

„Ich hatte schlimmstenfalls einen boshaften Scherz zu erwarten," erklärte ich, „dazu hätte mir dieser Stock genügt; mit Vergnügen liefere ich ihn aus."

„Danke, vor einem Stock habe ich keine Angst."

„Aber vor einem Revolver?"

„Solch ein Instrument", erwiderte sie rasch, „gibt einem Abenteuer so leicht den Anstrich von faits divers für die Morgenzeitung."

In diesem Augenblick bemerkte ich, wie sie etwas Hartes auf das Wandbrett legte. Leise erhob ich die Hand, um den Gegenstand zu befühlen und machte dabei unvorsichtigerweise ein Geräusch.

„Was tun Sie?" fragte sie.

„Ich suche meine Handschuhe."

Sofort bereute ich diese dumme Ausflucht.

„Ich hätte Lust, Licht zu machen", rief sie lachend, „um zu sehen, ob Sie jetzt erröten." Ich kam mir vor wie ein Schulknabe.

„Ich gestehe, mir eine Blösse gegeben zu haben," sagte ich, „aber verrät es nicht auch eine Schwäche, dass Sie es für nötig hielten, einen Revolver mitzubringen, während ich waffenlos kam?"

„Insofern haben Sie sogar schon einen Sieg zu verzeichnen," antwortete sie, „als Sie mein Vertrauen besitzen. Ich glaube Ihnen nämlich, dass Sie waffenlos sind."

„Darf ich Ihnen die Hand drücken?"

„Damit Sie mich mit einem Mal durchschauen? Nun, ich habe Pelzhandschuhe an. Hier haben Sie eine maskierte Hand, deren Gestalt nichts verrät."

Ich konnte bereits merken, dass ich es mit keiner Bovary zu tun hatte, sondern mit einer ganz bewusst handelnden Frau von abgefeimter Spitzfindigkeit. Manchmal schwieg ich minutenlang; das machte sie nervös.

„Sie haben wohl heute einen schlechten Tag?" fragte sie.

„Im Gegenteil, den besten, seit ich in H. lebe. Und Sie?"

„Ich langweile mich ein wenig."

„Zu Ihrer Erheiterung will ich Ihnen verraten, dass Sie in diesem Augenblick genau dasselbe erleben, was der Mann so oft vor Frauen empfindet. Aus Scheu vor der Banalität fürchten Sie, die notwendigen ersten Worte auszusprechen. Ich weiss, Frauen amüsiert diese Angst der Männer sehr, denn sie merken, dass man sie zu ernst nimmt. Sie würden ja gar nicht nachdenken, ob es banal ist, wenn man über das Wetter spräche. Ich will nun auch einmal kritiklos sein, wie eine Frau. Fragen Sie mich doch einfach, wie es mir in H. gefällt, ob es in Deutschland ebenso schön ist . . .?"

„Aber Sie können das alles doch auch ungefragt sagen," erwiderte sie verblüfft, fast gekränkt.

„Mir kommt es ja gar nicht darauf an, zu reden," sagte ich lachend. „Es langweilt mich nicht im geringsten mit einer Unbekannten, unter der ich mir nach Belieben eine Semiramis oder die Otéro vorstellen kann, schweigend durch unbekannte Gegenden zu rollen und ihr zu überlassen, mir die ausserordentlichsten Überraschungen zu verschaffen. Aber wenn Sie sprechen wollen, stehe ich gerne zur Verfügung."

„Ist das eigentlich eine Unhöflichkeit?" fragte sie naiv. „Da ich Sie selbst noch nicht kenne, finde ich es interessanter, an Cleopatra zu denken, als an eine Gouvernante aus den Romanen von Mrs. Bradford."

„Nun will ich Ihnen freiwillig die Hand geben," sagte sie plötzlich, „ich glaube, mir von dem Abenteuer etwas versprechen zu dürfen."

Langsam schoben sich kühle, trockene Finger auf die meinen. Ich, fühlte eine jener schlanken, fast etwas zu knochigen Hände mit langen, an den Gelenken etwas ausbuchtenden Fingern, deren zitternde Beweglichkeit stets andere Formen hervorzubringen scheint.

„Glauben Sie, dass ich schön bin?" fragte sie, während ich im Dunkeln mit ihrer Hand spielte, die sich langsam in der meinen erwärmte.

„Nein," erwiderte ich, „aber Ihre Hand verrät eine Seele, die das Schönsein überflüssig macht."

„Ah," rief sie, wie es schien, entrüstet, überrascht und verlegen zugleich. Sie rückte weg. Da ich mich gleich ihr schweigend in die Ecke lehnte, begann sie wieder nervös:

„Warum, glauben Sie, habe ich diese ganze Geschichte eingeleitet?"

„Vermutlich aus Neugier?"

„Vermutlich? Halten Sie mich denn für ganz temperamentlos?"

Statt einer Antwort schlang ich heftig die Arme um sie; während sie sich wehrte, bahnte ich mir den Weg zu ihrem verschleierten Antlitz und drückte meine Lippen auf die ihren. Der Widerstand wurde immer schwächer unter einem Kuss, währenddessen ich den Pudergeruch von nicht mehr in allererster Jugend blühenden Wangen einsog. Ihr dünner feiner Mund jedoch hatte etwas so naiv Anschmiegendes, dass ich den vielleicht irrigen Eindruck empfing, als entdeckte sie zum erstenmal die Wonnen eines Kusses. Plötzlich stiess sie mich von sich, als hätte ich sie durch irgend etwas verletzt.

„Sie gefallen mir nicht mehr," sagte sie kurz.

„Weil Ihre Neugier sich nicht so schnell befriedigen lässt, als Sie glaubten?"

„Und Sie? Sind Sie denn zufrieden?"

„Noch lange nicht!" erwiderte ich kühl.

„Und das sagen Sie so ruhig?"

„Durchaus, weil ich der Befriedigung gewiss bin."

„Das ist stark."

„Finden Sie?"

Ich presste sie wieder in die Arme. Sie suchte sich los zu machen.

„Lassen Sie mich oder ich schelle dem Kutscher."

„Schellen Sie!"

Ohne dass ich eine Bewegung von ihr wahrgenommen, hielt der Wagen. Im selben Augenblick öffnete sich der Schlag, um sie hinauszulassen und schloss sich wieder. Die elektrische Birne erglühte, der Wagen setzte sich in schnelle Bewegung. Ich befand mich wieder als einsamer Gefangener in der duftenden Helle des Boudoirs. Sollte ich mir durch zu schnelles Vorgehen das Abenteuer verdorben haben, währenddessen ich vielleicht das Idol meiner Träume umarmte oder eine antike Kurtisane zu mir herabgestiegen war? Am meisten neigte ich jedoch dazu, mir eine grünäugige Perverse mit kleinen Katzenzähnen vorzustellen. Plötzlich unterbrach das Anhalten des Wagens meine Gedanken. Der Schlag öffnete sich, ich stieg aus und befand mich an der bekannten Strassenecke. Noch ehe ich Zeit gefunden, dem Kutscher eine Münze zu geben, fuhr der Wagen davon. Ich stand am Weg wie ein Bettelknabe, der, aus einem Märchentraum erwacht, sich in der Wirklichkeit noch nicht wieder zurechtzufinden weiss.

Eine Woche lang mochte ich über das Abenteuer gegrübelt haben, als mir eines Morgens wieder ein Brief der Unbekannten gebracht wurde. In einem von dem vorigen weit entfernten Stadtviertel würde mich ihr Coupé am nächsten Abend um dieselbe Stunde erwarten.

Wieder war ich während einer halben Stunde ein Gefangener in dem hellen rollenden Boudoir. Als der Wagen anhielt, erwartete ich eine Wiederholung der Vorgänge des letzten Zusammentreffens. Statt dessen befand ich mich in dem Hof eines palastähnlichen Gebäudes. Vor mir stieg eine Freitreppe, die von zwei Kandelabern erleuchtet wurde, zum Hochparterre hinauf. Oben erwarteten mich zwei Diener, die stumm ein Glasportal öffneten, durch das ich in ein helles, durchwärmtes Treppenhaus trat. Man schob mich gewissermassen durch eine Flügeltür in ein dunkles Zimmer. Meine Füsse fühlten einen dichten Teppich. Ich atmete jenen seltsamen Duft von feinem Holz und schweren Seidenstoffen, der in üppigen, wenig betretenen Räumen herrscht. Langsam tastete ich mich bis zu einem Sessel. Dann hörte ich, wie an einer entfernten Wand eine Tür auf- und zugeschoben wurde.

„Wo sind Sie, mein Freund?" fragte die mir bekannte tiefe Stimme mit einem Ton von Vertraulichkeit, der mich nach unserem letzten Abschied überraschen musste. „Bleiben Sie, ich werde Sie finden."

Ich vernahm, wie sie über den Teppich herankam, dann fühlte ich ihre Hände in meinem Haar.

„Folgen Sie mir!" flüsterte sie.

Wieder umschloss ich jene magere Hand, die mich führte. Ich atmete die laue vertrauliche Atmosphäre, die Frauen ausströmen, welche ganze Wintertage unter leichten Gewändern in ihren warmen parfümierten Gemächern geblieben sind. Wir traten in ein anstossendes, sehr heisses Zimmer, worin feuchte tropische Pflanzen leben mussten. Sie zog mich auf einen Divan. Das Dunkel war so undurchdringlich, dass ich nicht einmal vermuten konnte, auf welcher Seite sich die Fenster befanden.

„Ich habe Sie nun gesehen," begann sie, „man hat Sie mir gezeigt."

„Das ist ein Kompliment," erwiderte ich.

„Wieso?"

„Dass Sie dennoch das Abenteuer fortsetzen."

„Ich finde Sie in der Tat totenhaft hässlich. Aber das ist Ihre Chance bei mir."

„Dann sind Sie ja lasterhaft."

„Und das Laster, Sie zu lieben, heisst Satanismus," sagte sie leise lachend.

„Ich fürchte, Ihre Lasterhaftigkeit ist nur literarisch", erwiderte ich plötzlich skeptisch.

„Das verstehe ich nicht."

„Sie haben vielleicht in London oder in Paris in literarischen Kreisen gelebt, wo es noch vor kurzem für sehr elegant galt, seltenen Lastern zu frönen."

„Niemals. Nur Finanzleute und bestenfalls Seeoffiziere sind in meine Nähe gekommen. Einen Teil meines Lebens habe ich in Amerika zugebracht. In Paris war ich nie, möchte auch gar nicht hin; ich stelle es mir zu albern vor; in London hielt ich mich nur vorübergehend auf. Mein Vermögen hat mir ein paar Exzentrizitäten gestattet, aber ich habe bis jetzt noch nicht erfahren, was literarische Lasterhaftigkeit ist."

„Um so besser," erwiderte ich, „aber woher wissen Sie etwas von Satanismus? Das Wort gehört doch nicht in das Vokabularium amerikanischer Salons?"

„Es macht mir Spass, Ihnen das zu erzählen," begann sie behaglich. „Schon als Kind reizte mich die Phantastik des Katholizismus, aber glauben Sie mir, es ist nicht mehr, als ein Sport für mich  ich gebe im Grund keinen Penny dafür  ich bin Protestantin, und zwar aus Überzeugung; später kaufte ich mir aufs Geratewohl katholische Schriften mit vielversprechenden, beinahe indezenten Titeln, die mich dann freilich meist enttäuschten. Das reizte mich um so mehr. Es ärgerte mich, dass diese Autoren die Geheimnisse, welche sie zu wissen vorgeben, von denen der Protestantismus nichts sagt, für sich zu behalten schienen. Wahrscheinlich ist das alles Gerede, sagte ich mir oft, aber ich wollte durchaus hinter die Schliche dieser Leute kommen. So fiel mir ein Buch über Dämonialität von dem Pater Sinistrari d'Ameno in die Hände..."

„Den kennen Sie?" unterbrach ich überrascht.

„Da fand ich die Beschreibung geheimer Zusammenkünfte von Frauen mit sehr sinnenstarken Wesen, genannt Inkubus; niemals hatte ich etwas gehört, was meine Einbildungskraft mehr entflammte. Irgendwo ausserhalb der Gesellschaft einen übersinnlichen Verkehr zu haben, der mit keinem menschlichen Mass zu messen ist, der darum auch keine menschlichen Sittengesetze verletzen, noch eine Dame gesellschaftlich kompromittieren kann, denn was der katholische Verfasser da von Todsünde spricht, gilt ja nicht für uns Protestanten  das schien mir eine so unerhört geniale Idee, eines wirklich vollkommenen Gottes würdig, um besonders intelligente Gläubige zu belohnen, die ihre Handlungen vor der Öffentlichkeit zu verbergen lieben. Mein Leben hatte von jetzt an nur noch den Zweck, dieses ausserirdische Glück zu kosten. Jahrelang lauschte ich auf alles Aussergewöhnliche, das in meine Kreise drang, bis mir vor einiger Zeit eine Chiromantin weissagte, das ausserordentlichste Ereignis meines Lebens würde in diesem Jahre eintreten. Ich begab mich auf Reisen, um dem Wunderbaren zu begegnen. Ermattet und enttäuscht kam ich jüngst zurück."

„Was mögen Sie auf dieser Reise alles angestellt haben!" warf ich belustigt ein.

„Unterbrechen Sie mich nicht." Aufgeregt fuhr sie fort: „Wo ich hier in H. erschien, hörte ich von Ihnen. Es war beängstigend, Ihr Name verfolgte mich, wenn ich allein war. Ich war überzeugt, Sie müssten mit dem erhofften Ereignis in Verbindung sein. Unter allen Umständen sollten Sie mir Rede stehen. Vielleicht wären Sie bestimmt, mein Werkzeug zu sein; vielleicht redete der Pater Sinistrari nur symbolisch. Man könnte ja in eine beinahe übersinnliche

Beziehung auch zu einem lebendigen Wesen treten, indem man, um den Enttäuschungen und Gefahren der Sinnenwelt zu entgehen, einfach die Augen zumacht. Meinen Sie nicht?"

Mir war ganz und gar nicht zumute wie jemand, der zu einer Schäferstunde gekommen ist. Diese Mischung kalter berechnender Lasterhaftigkeit mit kasuistischer Spekulation und protestantisch-bürgerlicher Beschränktheit konnten einen wirklich aus dem Gleichgewicht bringen; dazu das unbehagliche Gefühl, als Werkzeug zu dienen, gewissermassen herbefohlen zu sein. Um ein peinliches Stillschweigen zu vermeiden, sagte ich:

„Sie haben sich leider alle Möglichkeit zur Befriedigung Ihrer Phantasie geraubt, indem Sie meinen Anblick gesucht haben."

„Wie hätte ich Sie denn in mein Haus lassen können," rief sie ganz verwundert, „ohne zu wissen, dass Sie ein Gentleman sind?"

Ich konnte kaum das Lachen unterdrücken. Bis in die vierte Dimension trug diese Angelsächsin die Vorurteile ihrer Klasse.

„Und nun haben Sie diese Überzeugung gewonnen?"

„Nicht nur die," flüsterte sie, plötzlich wieder erregt; ich fühlte, wie sie mir in der Dunkelheit ganz nahe war. „Ich weiss nun auch, dass Sie wirklich der Erwählte für mein Erlebnis sind. Ich habe die Lichter gelöscht, damit Sie sich vorstellen können, Ihr Idol zu umarmen nicht eine Frau, an der Sie tausend Kleinigkeiten stören würden; und diese Urliebkosungen, die sich an keiner Wirklichkeit abnutzen, will ich mir stehlen ein Diebstahl! Ich habe Sie gesehen, so wie Sie sind, habe ich mir den Satan gedacht!"

Sie war atemlos. Ich schlug heftig die Arme um sie und war plötzlich ganz von der namenlosen Begier erfüllt, mich mit geschlossenen Augen in den vor mir gähnenden Abgrund zu stürzen.

„Still . . . kein Wort mehr . . ." stöhnte ich wie in dunkler Angst vor dem Erwachen „zerstöre das nicht . . .!" Und ich presste ihr die Lippen zusammen. Widerstandslos, schweigend gehörte sie mir. Ich fühlte mich in undurchdringlicher Nacht, hinter der ich phantastische traumhafte Landschaften vermuten konnte. Zum erstenmal hielt ich das Weib im Arm, dieses dunkle grosse ferne Ewige, das eine Frau niemals ganz verkörpern kann. Alles glühte auf, was sonst ohnmächtige Träume und enttäuschende Wirklichkeiten in mir verschüttet hatten. Ich habe mich niemals so sinnlos bis zum Gefühl der Auflösung verschwendet, als an diesem mageren, geschmeidigen, fremdartigen Leib, der für mich keine Persönlichkeit enthielt, der wirklich das Idol war. Wie sie später behauptete, soll ich bisweilen laut fremdartige barbarische Worte gerufen haben, ähnlich den Naturlauten, die sie von wilden Völkern bei ihren bewusstlosen heiligen Tänzen gehört hatte, ein unwillkürliches Klangwerden höchster Erregungen der Seele, die in das Geheimnisvollste tastet. Sie hatte diese Laute vergessen; sie müssten ihr aber, meinte sie, wieder einfallen, wenn sie den Geschmack gewisser Gifte auf der Zunge spürte, so wie manche Erinnerungen mit Melodien oder Gerüchen verknüpft seien. Ich selbst kann meine Gefühle nur mit denen vergleichen, die ich einmal hatte, als ich in den Alpen mit den Fingerspitzen über einem Abgrund hing und angesichts des Todes mein ganzes Leben, von rückwärts beginnend, in einem Augenblick an mir vorüberziehen sah. So kamen in dieser Umarmung alle Frauen an mir vorbei, die ich gekannt, und ich hatte das Gefühl, alle, alle zu besitzen. Erlebte Umarmungen wiederholten sich in vollkommeneren Vereinigungen, missglückte Abenteuer gestalteten sich neu; einst begehrte unnahbare Königinnen sanken in meine Arme und zum Schluss kamen wundervolle, verschleierte, traumhafte Frauen. Das waren die Geliebten meiner Knabenträume, denen ich früher und glühender gehuldigt, als jenen Lebendigen. Nur wer als Kind solche phantastischen Sehnsüchte gekannt, der mag die Erfüllungen dieser Stunde an der Stärke seiner damaligen, alle wirkliche Liebessehnsucht übersteigenden Wünsche messen.

Ich weiss nicht wie und in was für Augenblicken ich in den Armen dieser Frau entschlummerte; plötzlich erwachte ich; noch eben hatte ich heisse hohe Wohlgerüche gespürt; nun vernahm ich ein Rauschen von Gewändern, das Schieben einer Tür; um mich erglühten zahllose Lampen. Ich erschrak, als ich mich auf einmal in einem engen, grell erleuchteten Raum befand, wo mich von allen Seiten scheussliche Larven angrinsten, die ihre braunen behaarten Gesichter zwischen riesenhaften Schiessbogen, bunten Federbüschen und anderen phantastischen Geräten wilder Volksstämme herausstreckten. Das war das Boudoir meiner Freundin. Ich trat in das Nachbarzimmer zurück und befand mich in einem hellen, wenig eigenartigen Salon Louis XV. in Erdbeerfarbe. Ein Diener trat ein und sagte:

„Madame ist leidend. Sie bedauert heute nicht empfangen zu können."

Ich folgte ihm in den Hof, wo mich das Coupé erwartete. Der Kutscher brachte mich wieder an die Strassenecke zurück.

Alle vier bis fünf Tage erhielt ich nun ähnliche Einladungen nach den verschiedensten Vierteln, aber stets brachte mich das Coupé an dasselbe Ziel. Wir sprachen immer weniger zusammen. Was hätten sich auch zwei Menschen sagen sollen, die sich nur ihrer gegenseitigen Körper bedienten zum Vorwand für die Orgien der Phantasie. Nicht mich, sondern den Satan liebte diese Frau. Und wenn sie in der Dunkelheit vor mir lag und schweigend litt, wie ich ihre Linien mit der Hand suchte, wenn mir war, als hätte ich im Gras des Gartens eine umgestürzte Statue gefunden, die unter meiner Berührung lebendig ward, dann liebte ich Lais, dann loderten Städte um mich auf, in die auf den Wink dieser Frau Brandfackeln geflogen waren, wie in meine Seele und nichts war mir ferner, als der Wunsch, sie selbst einmal zu besitzen.

Vor allem schaffte sie mir zum erstenmal im Leben die Befriedigung meiner quälenden Einbildungskraft. Die Liebesräusche der Vergangenheit und der Dichtung, die mir immer unerhörter, geheimnisvoller erschienen waren, als die meinen, brauchte ich nun nicht mehr als schwächlicher Spätgeborener zu beneiden, ich wusste sie neu zu leben. „Warte bis heute abend," sagte ich mir, wenn sich die Phantasie in müssigen Bildern verschwendete, und es kamen Nächte, wo ich die Adria an die Marmorpaläste schlagen hörte, wo ich dichten Samt neben ihrer Haut fühlte, prunkenden Samt, unter dem ihre Glieder anzuschwellen schienen; eine bös-schöne Dogaressa spielte mit mir und freute sich, dass ich um ihretwillen den Tod verachtete, den ihre Liebe kosten kann. Oder aus ihrem Haar stieg der Duft der fränkischen Wälder, ihre Linien wurden weich wie die Lieder, die einst deutsche Mädchen abends am Brunnen sangen . . . Mädchen, die ihre Liebe scheu der Muttergottes abbetteln müssen, dann einmal alles vergessen können, sogar die heimliche Kapelle ihrer Kindergebete, und doch froh sind zu wissen, dass dort die Madonna lächelt, auch dann noch, wenn sie spät zu ihr zurückkommen werden, wenn er draussen in der Fremde ist und blendendere Frauen liebt. Und launenhafte Stunden kamen; da rief das spitze kleine Gelächter meiner Geliebten kecke Herzoginnen der Régence hervor; ein fast herb duftender Puder gab ihrer Haut eine kranke Glätte. Und mir war, als sei das Gemach um uns hell und eng, eine Nuss, in der wir auf irgendeinem nicht ganz echten, jedenfalls sehr wenig wilden Meere schwammen. Und unsere

Umarmung war wie von dünnen Goldfäden durchwirkt und umsponnen mit kleinen Schnörkeln, welche die Form von Mandeln hatten. Und an solchen Tagen war meine Geliebte sehr kitzlich.

Diese Erlebnisse wären nicht möglich gewesen, hätte sie nicht eine Eigenschaft besessen, die man sonst einer Frau nicht leicht verzeiht. In Wirklichkeit war sie nämlich selbst gar nicht fühlbar; keine Laune, kein Scherz, kein Einfall, keine Wünsche, nichts Unvorhergesehenes. Das, was sie brauchte, schien sie zu finden, ohne mein Zutun. Etwas musste mich aber doch verstimmen: Wenn ich sie auch als mein Werkzeug betrachtete, so war ich noch mehr das ihre. Winkte sie, so kam ich; war sie meiner müde, so entliess sie mich. Erschien ich einmal aus Laune nicht, dann verlor sie darüber kein Wort. Nach einigen Tagen kam immer eine neue Einladung. Dieser Gleichmut ärgerte mich, ich beschloss, sie zu reizen, sie wütend zu machen, indem ich alberne Gründe für mein Wegbleiben erfand. Aber wenn dann ihr Haar duftete, als müsse es in der Sonne rot leuchten, wenn mich ihre hagern Formen in nervöser Hast umkrampften, dass ich nicht wusste, ob sie höchste Qual oder Lust empfand, ob sie mich liebte oder züchtigen wollte, dann vergass ich allen Ärger, alle Absichten; dann fühlte ich mich als der Beichtvater, der die Zelle einer jungen Hexe betritt, die morgen brennen muss und heute noch einmal von der Wollust in sich hineinschlingen will, was sie nur noch fassen kann, die noch schnell so viel fremde Kraft aufzusaugen, zu zerstören begierig ist, als ihr irgend möglich. Mein Überlegenheitsdünkel verstummte, wenn ich sie träge und regungslos fand, wie eine Bajadere, die sich eines heissen Morgens im Schatten bizarrer Gewächse gewälzt und gedankenlos zu viele fadsüsse Früchte verschlungen hat. Dann roch sie nach indischen Blumen, sie wusste seltsame Bauchbewegungen, so dass sie mir fast zu üppig vorkam. So vergass ich gern, dass mich vielleicht eine nichtige Dame zum besten hielt. Sie existierte ja gar nicht. Manchmal kam mir der Gedanke, sie zu gewissen erregenden Worten in ihr fremden oder in toten Sprachen abzurichten. Aber ich merkte rechtzeitig, dass dadurch die Lebendigkeit meiner Idole Literatur, Theater geworden wäre, ein kleiner Scherz, den jede Dirne hätte erlernen können. Natürlich machte ich mir eine bestimmte Vorstellung von ihr, aber ich kann gar nicht sagen, ob ich sie mir schöner oder hässlicher dachte, als die mir begegnenden Frauen, hinter denen ich sie bisweilen vermutete. Die Ausserordentlichkeit meiner Freuden war gar nicht an einem wirklichen Niveau zu messen.

Obwohl also alle Berührungen mit dem Alltag fern lagen, in denen die Todeskeime der menschlichen Beziehungen liegen, nahm diese ausserordentlichste aller Liebesgeschichten ein so dummes triviales Ende wie eine Sergeantenliebschaft. Die Dame wurde eifersüchtig, allerdings auf meine Idole. Eines Tages fragte sie mich wie eine kleine Näherin, ob ich sie liebe. Und damit ist die Geschichte eigentlich zu Ende. Sie hatte herausbekommen, dass meine Freuden doch glühender und mannigfaltiger waren als die ihren. Durch ihre vorzeitige Neugier waren ihre Sinne nun einmal an meine Gestalt gebunden. Sie war es müde, immer dasselbe Wesen zu küssen, wenn sie es auch in den Flitterwochen Satan genannt hatte. Ich war boshaft genug, sie merken zu lassen, dass sie ohne ihre ‚ladylike' Vorsicht und Neugier gleich mir über ein Serail verfügen könnte, dass sie dann heute einen delikaten Georges Brummel, morgen einen römischen Gladiator umarmt hätte. Solche Worte trieben sie in ohnmächtige Wut.

„Sie sollen mich nun doch auch kennen lernen," sagte sie einmal empört, „und wir wollen sehen, ob Sie dann noch Ihre Idole vorziehen."

Ich erriet, dass sie das Licht aufdrehen wollte.

„Bitte nicht!" rief ich, „ich laufe fort."

„Sie wollen mich nicht sehen?"

„Sie können unmöglich so schön sein, als ich glauben möchte."

„Das ist unerhört."

„Sie wollten doch den Weihrauch eines Idols empfangen."

Nun hatte sie doch wohl Angst, mich zu enttäuschen. Ohne zu reden verliess sie mich.

Ich erhielt nun keine Einladung mehr. Wochen vergingen, und ich fühlte eine grosse Lücke in meinem Leben, das in ununterbrochener Trostlosigkeit weiterging. Ich war traurig, als sei mir eine gute Geliebte gestorben; aber sobald ich an diese Frau dachte, verging mir alle Sehnsucht. Ich fühlte etwas wie leisen Hohn, eine Art Verachtung für allzu grosse Unterlegenheit, an die zu denken kaum der Mühe wert ist.

Eines Abends war ich allein in dem einzigen Restaurant der Stadt, wo man nach dem Theater speisen konnte. An einem Tisch hinter mir sassen Leute, die bei meinem Kommen noch nicht dagewesen waren: zwei Herren in korrekter schwarzer Abendkleidung; einer hatte einen fast weissen Bart mit ausrasiertem Kinn, der andere war ein blonder junger Mensch mit frischem, sehr englischem Knabengesicht. Zwischen ihnen sass eine blasse Frau von etwa fünfunddreissig Jahren. Sie hatte dunkles Haar, das geradlinig in regelmässigen Löckchen die Stirn abschloss, ein mageres Gesicht von keltischem Typus mit stillen, fast starren braunen Augen. Eine ausserordentliche Distinguiertheit lag über ihr. Den fast zu langen schmalen Mund schmückten sehr weisse, auffallend kleine Zähne ein Gesicht, von dem man meinen könnte, es sei einmal schön gewesen; denn irgend etwas fehlt und das schreibt man den Jahren zu; wahrscheinlich aber fehlte es immer. Die Hände waren gross, doch schlank und mit mehreren Opalen geschmückt. Diese drei Menschen hatten eine selbstverständliche anspruchslose Vornehmheit ohne aufdringende Eigenart, wie man es bei Nachbarn im Theater oder an der Table d'hôte gern hat, die durch nichts stören, nicht einmal Interesse erwecken. Dennoch fühlte ich einen Zwang, mich nach ihnen umzudrehen. Ich glaubte zu bemerken, dass mich die Dame gleichfalls beobachtete. „Vielleicht ist es die Unbekannte," dachte ich gleichgültig, aber dieser Gedanke kam mir natürlich bei sehr vielen Frauen. Ich bestellte Kaffee und benutzte die Gelegenheit, während der Kellner abdeckte, meinen Platz zu wechseln, so dass ich die Fremden vor Augen hatte. Ich bemerkte, wie die Dame unruhig wurde und mit plötzlichem Eifer zu dem alten Herrn sprach. Dieser beglich die Rechnung, die drei verliessen das Restaurant.

Am folgenden Tage erhielt ich zwei Briefe. „Die Komödie ist aus," lautete der eine in der gewohnten Schrift, „ich fühle mich erkannt, lassen wir die Masken fallen." Der andere trug ähnliche, doch natürlichere, offenbar unverstellte Züge. Er enthielt eine förmliche Einladung zum Ball bei einer mir völlig unbekannten Dame. Auf unsere phantastischen Orgien schien diese Frau willens, einen unvermeidlichen Flirt zu setzen oder vielleicht wirklich gar eine Liebschaft. Ich aber zog vor, meine phantastische Geliebte nicht aus dem Grab zu erwecken. Helena war in die Immaterialität zurückgekehrt. Um den angebotenen Ersatz anzunehmen, war ich im Augenblick doch zu verwöhnt. Bald verliess ich H. Ich habe die Dame nie wieder gesehen.

Der Erzähler schwieg. Ich hatte das trostlose Gefühl, dass nun etwas fertig, unwiederbringlich vorbei sei. Ein Leben hörte auf, ohne dass ich tot war. Die anderen schienen ähnliches zu empfinden.

„Eine neue Geschichte," rief jemand, „diese Leere ist ja unerträglich!"

Wir lagen wie blind in einer dunklen Höhle, hungrig nach der menschlichen Stimme. Unser Leben, unser Wille war erstarrt. Nur die Einbildungskraft wachte und verlangte selbst unfruchtbar , dass ein anderer, Stärkerer, Nüchterner sie mit Vorstellungen füllen solle.

## EINE NACHT DES ACHTZEHNTEN JAHRHUNDERTS

UND irgendeiner kam und liess eine helle heitere Musik über uns ergehen, lustig wie eine Gavotte oder eine Passacaglia des achtzehnten Jahrhunderts. Um uns erstand eine helle Kirche, überall schwebten gutgenährte Amoretten, die Fruchtschnüre von Loge zu Loge trugen: gewundene goldgezierte Säulen umgaben ein blau und rosa Altarbild. Und wie lustig die Herzoginnen davor knieten! Wie das nach Puder roch; und alle lachten über den famosen Priester, der sie mit richtigen Taschenspieler-Kunststücken unterhielt. Ich bat den Sakristan, der an mir vorüber wollte, um Erklärung. Liebenswürdig wie ein weltgewandter Jesuit nannte er mir die Namen aller Anwesenden. Der Priester war der berühmte Graf von Saint-Germain, die am prächtigsten gekleidete Dame die Herzogin von Chartres. Wie war ich nur hierher gekommen und was sollte ich an einem Orte tun, wo ich keinen Menschen kannte? (ob ich mich gleich deutlich erinnerte, den Grafen schon einmal auf einem Kupferstich gesehen zu haben). Da fiel mir ein, dass ich ja noch heute mit ihm gespeist hatte, dass er mich irgendwohin mitnehmen wollte, zu Freunden. Ich ärgerte mich, dass er mich nun allein liess.

„Alta-Carrara!" rief ich gereizt.

„Pst, pst," flüsterte der Sakristan begütigend, „verraten Sie ihn doch nicht, warum denn immer gleich Namen nennen? Hier heisst er Graf von Saint-Germain. Sie müssen ihn im neunzehnten Jahrhundert getroffen haben. Dort nennt er sich Alta-Carrara. Neulich war eine Dame aus dem vierzehnten Jahrhundert hier, die nannte ihn Buonaccorso Pitti, Sie sehen, alles ist relativ," sagte er pfiffig.

„Und du, unausstehlicher Schwätzer," fragte ich, „welchem Jahrhundert bildest du dir denn ein, anzugehören?"

„Ich?" fragte er stolz, „natürlich dem achtzehnten, Sie hingegen sind so unhöflich, dass Sie nur in das neunzehnte passen. Ich schreibe heute mit Vergunst den 15. September 1768."

Mit einer überaus gezierten Bewegung verliess er mich. Ich hatte eine unbezwingliche Wut auf Alta-Carrara, der noch immer seine Kunststücke vor dem Altare machte. Ich beschloss, einen günstigen Augenblick abzuwarten, um ihn zur Rede zu stellen. Einstweilen zog ich einen langen gewundenen Schnörkel von einer Säule, machte eine Schlinge daraus und stellte mich an der Kirchentür auf. Es dauerte nicht lange, bis der Graf mit einer Verbeugung seinen Zuschauerinnen anzeigte, dass die Vorstellung zu Ende sei. Mit selbstzufriedenem Lächeln durchschritt er die Kirche, von den bewundernden Blicken der Herzoginnen verfolgt. Eben wollte er auf die Strasse treten, als ich ihm meine Schlinge über den Kopf warf. Er wusste nicht recht, was mit ihm vorging, aber als Mann von Welt lächelte er und sagte mit Ironie:

„Ihrer hübschen Tracht nach müssen Sie aus dem neunzehnten Jahrhundert sein. Kann ich Ihnen mit etwas dienen?"

„Tun Sie nicht, als ob Sie mich nicht kennen," erwiderte ich ärgerlich, „Sie versprachen mir . . ."

„Oh verzeihen Sie, diese Damen hielten mich ein wenig auf. Nun bin ich wieder ganz der Ihre. Wir haben übrigens noch viel Zeit vor uns" dabei zog er seine Uhr aus der Tasche „es sind noch über zwanzig Jahre bis zur Revolution. Wir können uns noch lange unterhalten."

Mein Ärger wurde plötzlich durch ein rasendes Bedürfnis nach ausgelassenster Lustigkeit abgelöst.

„Ich will lachen, schreien, purpurne Visionen haben," bemerkte ich aufgeregt. Der Graf erschrak ein wenig.

„Wir werden ja sehen," begütigte er.

Wir stiegen in ein Kabriolett, um nach dem Marais zu fahren. Es war Nacht, aber ungemein belebt in den Strassen. Es musste wohl Karneval sein. Bunte Masken begegneten uns und warfen Blumen in den Wagen. Überall herrschte ausgelassenes trunkenes Geschrei.

„Die Leute wissen, dass es nur noch zwanzig Jahre dauert," sagte Saint-Germain. „Aber sie stellen es sich schlimmer vor, als es wirklich werden wird. Ich habe ihnen nämlich vorgeschwindelt, die Jakobiner würden ganz Paris niederbrennen und alle, die fortlaufen wollten, erschlagen."

Saint-Germain konnte sich vor Lachen über diesen Spass kaum halten.

„Warum haben Sie denn das getan?" fragte ich verständnislos.

„Ganz einfach, um ihre Lustigkeit ins masslose zu steigern. Solche kleine weltgeschichtliche Schauspiele sind das einzige Amüsement meines Lebens. Glauben Sie, ich wolle mich langweilen wie der kleinbürgerliche Ahasver? Das hübscheste, was ich mir leistete, war doch die Geschichte mit den Albigensern. Denen habe ich nämlich eingeredet, sie müssten die Sünde durch die Sünde heilen. Im neunzehnten Jahrhundert nennen sie das glaube ich Homöopathie, similia similibus. Die guten Leute bildeten sich in der Tat ein, sie müssten alles Böse mit Gewalt aus sich heraussündigen. Nun, Sie können sich denken, was das für Szenen gab. Aber ich will Sie nicht mit Beschreibungen ermüden, denn Sie sollen heute etwas Ähnliches in Wirklichkeit sehen."

„Halten Sie nur Wort!" erwiderte ich etwas ungläubig.

„Ich habe nämlich eine kleine auserlesene Gesellschaft zu einem Fest bei dem Grafen Gilles de Laval eingeladen, den Sie in Deutschland so viel ich weiss Ritter Blaubart nennen, aber die Gäste wissen selbst nicht, wo sie sich befinden. Man ahnt nur, dass es einen Hauptspass geben wird; verraten Sie also nichts, denn mein Freund Gilles möchte, als Kapuzinermönch verkleidet, unbekannt bleiben. Er liebt das achtzehnte Jahrhundert nicht sehr."

Unter solchen Gesprächen kamen wir auf der Place des Vosges an. Wir trieben uns einige Zeit, ohne Aufmerksamkeit zu erwecken, unter den Arkaden umher und liessen uns dann in einer Sänfte an das Guisenpalais im Marais tragen. Nachdem wir uns überzeugt hatten, dass die Träger weit entfernt waren, schlüpften wir in eine kleine Gasse, an deren Ende sich ein sehr armseliges Holzpförtchen befand. Der Graf schlug an die Tür. Ein scheussliches altes Weib öffnete. Wir standen in einem feuchtkalten dunklen Vorraum: ich folgte Saint-Germain durch einige schlecht beleuchtete, unangenehme Gänge, bis er stehen blieb, seinen Mantel abwarf und in reicher Hoftracht dastand. Er strich sich das gepuderte Haar zurecht, betrachtete unter einer Kerze in einem Handspiegel sein Gesicht, das er wie ein seidenes Tuch zusammenzufalten und wieder aufzurollen schien, bis ihm eine Lage gefiel. Ich wurde vor Ungeduld ganz nervös. Schliesslich öffnete er eine Tür. Wir traten in einen gelb und silbernen Vorraum. Vor ungeheuren, kerzenlichtüberströmten Spiegeln bewegten sich reichgekleidete Damen und Kavaliere. Eine breite Treppe führte nach einer an die Decke stossenden Flügeltür hinauf; alle schauten gespannt nach dieser Tür. Mein Bedürfnis nach Lustigkeit wich einem faszinierten Starren vor den Lichtfluten, die mich umwogten, vor den bunten kostbaren Gewändern und den heftigen Blumengerüchen. Gebannt liess ich alles über meine Sinne ergehen. Plötzlich trat ein Auvergnat aus der Tür.

„Ah Castel-Bajac," rief man.

„Alles ist bereit," sagte Castel-Bajac mit dem pfiffigen Gesicht eines Kochs, der einen neuen Leckerbissen erfunden hat. Er öffnete die beiden Flügel nach der Galerie eines grossen Saales. In höchster Aufregung stiegen nun alle diese eleganten Leute die Treppe hinauf und traten durch die Tür. Ich mischte mich unter sie. Wir nahmen auf der Galerie Platz und blickten in den leeren Saal hinab. Während oben alles um uns her in dem hellen prunkenden Gold- und Spiegelgeschmack des achtzehnten Jahrhunderts gehalten war, dem auch die lustigen reichen Gewänder entsprachen, schien der Saal selbst einen Ausblick in fremde düstere Vergangenheit zu gewähren, in eine ausschweifende sinnlose Gotik voll zitternder wilder Schlinggewächse und Schlangen um die spitzbogigen Fenster, in die finstere unbändige Phantastik des sterbenden Mittelalters voll wüster, henkerhafter Lustigkeit. Der Saal, in dem zahllose lange Kirchenkerzen ein unbestimmtes gelbes Licht verbreiteten, war ganz menschenleer. In der Mitte stand eine lange reiche Tafel, deren Goldgeschirr aus der Kirche genommen schien. Die verblüffendsten Gläserformen ragten zwischen seltenen traumhaften Pflanzen heraus. Ich war erstaunt, dass meine erlauchte Umgebung nicht unten an der Tafel Platz nahm, sondern sie nur von der hellen Galerie aus betrachtete. Plötzlich hörte man draussen Stimmen, die sich dem Saale zu nähern schienen. Zwei weite Türen taten sich auseinander und eine Schar auvergnatischer Bauern in steifem Sonntagsstaat trat schüchtern und verwundert unter der Führung Castel-Bajacs herein. Sie liessen sich mit ihren Weibern um die prachtvollen Tafeln Plätze anweisen und wagten kaum zu reden, während sie bisweilen schüchterne Blicke auf die Galerie warfen, wo man aufgeregt ihnen vertraulich und ermutigend zuwinkte. Man schien ein Hauptvergnügen von ihnen zu erwarten. Es war in der Tat sehr unterhaltend, wie diese steifen Menschen, teils ernste würdige Gestalten, teils plumpe ungeschlachte Lümmel allmählich unbefangener und kühner wurden, je mehr Nahrung sie in sich aufnahmen. Diener reichten ihnen schweigend und würdevoll die Speisen umher und bald schien es ihnen gar nicht mehr seltsam vorzukommen, dass sie sich hier befanden. Jeder hielt sich in seinem Innern von Rechts wegen zu dem Leben eines Grandseigneur bestimmt.

„Sie sind entzückend, diese Leute . . ." sagte eine kleine Marquise.

„Wenn man bedenkt, dass uns ihre Kinder in zwanzig Jahren alle totschlagen werden," fügte Saint-Germain hinzu.

„Demain donnons au diable

un monde turbulent"

trällerte die Marquise nervös. Die Leute auf der Galerie wurden ungeduldig. Man schien auf etwas zu warten, was zu lange ausblieb. Die Bauern überliessen sich indes einer derben aber unterdrückten, pfiffigen Heiterkeit. Da traten sechs Diener in den Saal und brachten in schmalen, sehr langen Karaffen einen dunklen Wein, der als Lieblingsgetränk des schwelgerischen Königs Karls VII. angekündigt wurde. In diesem Augenblick verstummten alle die nervösen, ungeduldigen, witzelnden Bemerkungen auf der Galerie. Es bemächtigte sich aller eine grenzenlose Erregung. Sie blickten sich wie in geheimem Einverständnis an. Die Augen, besonders die der Frauen, schienen ekstatisch zu glänzen. Es war, als ob alle von einer mir unsichtbaren Vision geblendet wurden. Überall um mich her stumme wogende Erregung. Wenn diese Menschen, die irgend etwas Scheussliches verabredet haben mussten, jetzt mit Dolchen übereinander hergefallen wären, hätte ich es noch nicht für das schlimmste gehalten. Es mussten sich viel fürchterlichere Dinge vorbereiten. Diese durch das Vergnügen abgestumpften

Leute schienen zu wissen, dass nun etwas selbst für ihre Sinne Unerhörtes kommen würde. Nur der Graf von Saint-Germain hatte seine Ruhe bewahrt. Lächelnd trat er an mich heran.

„Was geht hier vor?" fragte ich, „wohin haben Sie mich geführt? Ist es schon die Revolution?"

„Noch lange nicht," sagte er milde, „man gibt den guten Leuten nur ein wenig Aroph zu trinken."

Indessen war unten im Saal das schwarze Getränk in Gläser gegossen worden. Einige der Bauern hatten schon getrunken. Ihre Augen begannen zu blitzen. Sie schauten sich anfangs etwas unsicher an, als glaubten sie ihren eigenen Empfindungen nicht. Dann schienen sie sich gegenseitig zu irgend etwas zu ermutigen. Man zögerte noch, aber in jedem Augenblick konnte die Wut ausbrechen.

„Das ist die Revolution!" rief ich entsetzt. „Diese Bauern werden uns töten. Saint-Germain macht sich über uns lustig, er will uns alle auf der Guillotine sehen."

Empört und mit unsäglicher Verachtung blickte man sich nach mir um, wie nach einem, der die erregende Vorstellung einer Tragödie durch Nüsseknacken stört.

„Das ist die Revolution!" rief ich wiederholt.

„Und wenn auch," sagte die Marquise, der mein Geschrei nun doch zu viel wurde.

„Damit machen Sie ihnen keine Angst," bemerkte der Graf, „übrigens ist es nicht die Revolution."

Plötzlich packte einer der Bauern seinen Nachbar am Arm, der in ein lautes sinnliches Gelächter ausbrach. Auf dieses Zeichen schienen alle gewartet zu haben. Die vorsichtigen, plumpen Leute schlugen ein brüllendes, johlendes Lachen an. Man schien zu merken, dass sich bisher jeder im geheimen allein für die niedrigste Bestie gehalten und nun freudig überrascht war, die andern genau ebenso zu finden. Jeder trug plötzlich zum grössten Erstaunen seiner Nachbarn die wohlbekannten, von der Kirche verbotenen Begierden auf der Stirn geschrieben. Sie schienen sich auf einmal gegenseitig in ihrer Tierheit zu entdecken. Einer drückte sich gierig an den andern, wobei vorläufig das Geschlecht gar keine Rolle spielte.

„Du Mordskerl . . . . Du Luder . . . ." riefen sie und schlugen sich gegenseitig auf den Bauch.

„Sie sehen, dass das für uns ganz ungefährlich ist," flüsterte mir der Graf lächelnd zu.

„Ich muss mich entblössen," rief ein junges Bauernweib.

Viele Männerhände streckten sich nach ihr und entrissen ihr die Kleider.

„Ich auch . . . mir auch!" riefen sie durcheinander.

Alle verliessen ihre Plätze, die Stühle fielen um, das Tafelgerät flog umher, ein irrsinniges Geschrei erhob sich aus dem Menschengewühl. Auf der Galerie konnte man sich vor Entzücken nicht mehr halten. Die Damen riefen erregt zu den Männern hinunter, so wie man Stierkämpfer in der Arena zu ermutigen pflegt. Einige von den Kavalieren auf der Galerie hatten ihre Degen gezogen und warfen sie unter dem Ruf „Blut . . . Blut" hinab. Mitten in diese allgemeine Erregung der Galerie drängte sich plötzlich ein schwarzbärtiger Kapuzinermönch, der sich atemlos bis an die Brüstung Bahn brach.

„O das Leben, das prächtige Leben!" rief er wie verzückt, „ich will baden im Leben!"

Mit diesen Worten riss er sein braunes härenes Kleid ab. Einen Augenblick sah man auf der Balustrade seine nackte, nervige Gestalt, die sich mit schnellem Schwung hinab in das Gewühl schwang. Eine namenlose Wut hatte sich der Bauern bemächtigt. Nur noch Fetzen von Kleidern hingen um die blutenden Körper; die Adern der Männer waren gereckt, die Frauen, die dem Ansturm erlagen, krallten unersättlich die Finger in die neben ihnen liegenden Körper. Manche heulten nach dem Tod, der sie von ihrer unstillbaren Raserei heilen sollte; sie griffen nach den Scherben von Glas und Porzellan, um sich oder andere in wahnsinnigem Lachen zu blenden oder zu töten. Auf der Galerie wusste man vor Vergnügen nicht mehr, was man erfinden sollte: man warf hinunter, was erreichbar war, Wandspiegel, Champagnergläser, Stühle, man riss sogar Portieren herab, schleuderte brennende Kerzen. Nur der Graf von Saint-Germain stand heiter lächelnd dazwischen. Manchmal wollte er reden:

„In London habe ich im vierzehnten Jahrhundert viel amüsantere Sachen gesehen."

Aber niemand hörte ihm zu.

„Wer hat den Mut, mich hinabzuschleudern?" rief die kleine Marquise, „meine Liebe dem, der es wagt!"

Keiner der Kavaliere schien das für ernst zu nehmen. Plötzlich erhoben sich aus dem Gewoge des Saales die Arme des Kapuziners.

„Kommen Sie, kleine Marquise, Ihre Urahnin war meine erste Geliebte . . ."

„Gilles de Laval," rief die Marquise ausser sich. „Ich erkenne dich . . . ganz das abscheuliche Porträt . . ."

Sie riss sich die Kleider ab, sprang hinunter und verschwand mit Gilles de Laval wie unter den Wellen des Meeres.

Gilles de Laval . . .! Der Name wirkte faszinierend auf die Frauen. Plötzlich wollten es alle der Marquise gleichtun und schrien, man solle sie hinunterwerfen. Wie von fremder Gewalt getrieben, ergriff einer nach dem andern fast feierlich seine Nachbarin und schleuderte sie über die Brüstung; wenige Sekunden lang konnte man Herzoginnen und Marquisen, die Trägerinnen der schönsten Namen Frankreichs, nackt durch die Luft fliegen sehen.

Mit zerschlagenen Gliedern kamen die Damen unten an. Schwindlig suchten sie sich zu erheben und hinkten ein wenig umher. Ringsum schien indessen das Feuer wie erloschen zu sein. Ein wenig verlegen blickten sie über die Haufen von Gliedmassen und zerschlagenen Geräten. Sie wussten gar nichts damit anzufangen. Und eben hatte man doch noch so ein mutiges Gefühl gehabt. Es ging doch etwas ganz Tolles vor, wo man sich hatte hineinstürzen wollen; und nun, als man unten ankam, war alles aus. Wie gern hätten diese Damen einige kleine Freuden der Grausamkeit genossen! Der Mut war ihnen aber wohl zu spät gekommen. Manchmal krallte sich oder stach noch eine Hand im Todeskrampf nach diesen zarten weissen Körpern, die wie Miniaturwalküren auf dem Schlachtfeld umherwandelten. Bisweilen brachte ihnen sogar ein Finger noch eine mittelmässige Wunde bei und da stiessen sie nette, kleine, verzückte Schreie aus, wie gut gezogene Kinder, die mit kaltem Wasser gewaschen werden und schlotternd rufen: „Hu . . . wie warm." Die Damen sahen traurig ein, dass sie zu spät gekommen waren, und nun traten gar schon Diener mit Schaufeln in den Saal. Die nackten Marquisen drückten sich verschämt in die Ecken und hielten die Hände über Brust und Schoss. Die Diener öffneten die Fenster und schaufelten die Überreste dieser Feierlichkeit hinaus. Unten im Hofe sah man im ersten Morgenlicht bleiches Menschengebein, das von früheren ausgelassenen Stunden des Grafen Gilles de Laval zeugte. Die Marquisen aber schlichen betrübt und verschämt durch ein Seitenpförtchen hinaus. Sie bereuten, sich ungeschickt benommen zu haben. Die armen Damen hatten sich umsonst entblösst.

Auf der Galerie waren die Zurückgebliebenen in ermattetes Schweigen versunken. Man kam langsam wieder zu Atem. Einige mahnten zum Aufbruch und erhoben sich, Händedrücke wurden getauscht, Verabredungen für den folgenden Tag gemacht. Einige Unermüdliche wollten noch soupieren gehen. Der Graf von Saint-Germain, den man unter keinen Umständen losgeben wollte, entschuldigte sich lächelnd. Er müsse nach Hause fahren, da er noch in dieser Nacht einige Kapitel aus dem Akshara Para Brahma Yog übersetzen wolle. Gegen solche Gründe des gelehrten Grafen pflegte man niemals Einwände zu machen und so verabschiedeten wir uns von diesen höflichen Leuten.

„Haben Sie etwas bemerkt?" fragte mich der Graf, als wir auf der Strasse waren.

„Sehr viel," erwiderte ich.

„Ich meine, haben Sie bemerkt, dass ich selbst Gilles de Laval bin? So heisse ich im fünfzehnten Jahrhundert." Triumphierend blickte er mich an.

„Unmöglich; Sie waren doch die ganze Zeit auf der Galerie, Sie sprachen von London . . ."

„Einen Augenblick allerdings; können Sie sich aber erinnern, Gilles und mich nur eine Sekunde lang gleichzeitig gesehen zu haben?"

„Das nicht, aber . . ."

„Nun sehen Sie. Nächstens lade ich Sie zu einem Flagellantenzug nach Italien ein."

Er half mir in einen Wagen, wo ich sofort einschlief.

Als ich wieder erwachte, ich glaubte länger geschlafen zu haben, als vorher mein ganzes Leben gedauert hatte stand eine Schale mit Früchten vor mir, die ich äusserst heftig begehrte, ohne die Kraft zu finden, danach zu greifen. Tränen traten mir in die Augen. Ich fühlte Abscheu vor meinem eigenen Leben, dessen trost- und gedankenlosem Wirbel ich wie durch ein Wunder entronnen zu sein geglaubt hatte. Diese unerreichbaren Früchte würden mir Gesundung bringen, reine, leicht zu erfüllende Wünsche an Stelle fieberhafter Gelüste. Es hatte mich jemand wohlmeinend, aber etwas derb von einem Abgrund gerissen, vor dem ich nichtsahnend stand.

„Wissen Sie nun, wo Sie sind?" fragte lächelnd Alta-Carrara, der mir gegenüber gleich wie ich auf einem Diwan lag.

In dem Zimmer unterhielten sich mehrere Herren. Einige fragten nach meinem Befinden und gaben mir Ratschläge.

„Sie waren dabei," dachte ich, „als ich mein Leben zwecklos in künstlichen Sensationen vergeudete." Dennoch freute ich mich, ganz unbekannte Gefühle in mir zu entdecken, etwas wie Reue. Ich fühlte einen bitteren Geschmack, wenn ich an mein Leben dachte, das sich auf eine glühende Einbildungskraft und einen fieberhaft zerlegenden Verstand gegründet hatte.

Es musste jemand meinen Wunsch erraten haben, denn ich fühlte die kühle Herbheit eines Apfels dicht an meinen Lippen. Ich biss hinein und mir war, als witterte ich junge Morgenwinde um mich her. Ich erkannte die Notwendigkeit eines neuen Lebens ohne den verhassten Rausch, der noch in mir war. Ich verlangte schwere Aufgaben; Leiden müsste ich erdulden, sie unumwunden vom Schicksal fordern, das mich dadurch um das Beste im Leben betrogen hatte, dass es mir keine Leiden sandte. Ich schämte mich fast. Und doch freute ich mich über die Seltenheit einer solchen Empfindung in einer Seele wie der meinigen.

Alta-Carrara aber begann mit halblauter Stimme zu erzählen:

# KARNEVAL

Vor dreissig Jahren, als ich noch die ersten Lektionen in der Schule des Vergnügens empfing, versuchten einmal einige venezianische Nobili eine hübsche Karnevalssitte des achtzehnten Jahrhunderts wieder aufzufrischen. Man versammelte sich in der letzten Nachtstunde, als schon die ersten hellen Schimmer über den Lagunen erschienen, auf der Erberia, und es galt für sehr elegant, möglichst verwüstet auszusehen. Man kam in zerrissenem Maskenkostüm, schlaffe Blumen hingen in dem losen Haar der Frauen; die bleichen Wangen, die flackernden Augen, sollten den Mitmenschen von phantastischen, noch vor einer Viertelstunde genossenen Räuschen erzählen. Man liebte es, die Eifersucht und Mutmassungen der anderen zu erwecken und ihnen zu zeigen, dass man darüber zu lachen verstand. Es braucht dem Kenner des menschlichen Herzens kaum betont zu werden, dass viele der Ankommenden weder aus dem Ballsaal, noch vom Spieltisch, noch aus verschwiegenen kleinen Kabinetten kamen, sondern dass sie sich soeben aus dem Bett erhoben, sorgfältig ihre nachlässige Toilette vorbereitet hatten und der Mode ihren Morgenschlaf opferten. Ich hatte die Nacht in der Sala del Ridotto verbracht, viel getanzt, gespielt und getrunken. Meine Huldigungen galten besonders einer gelbseidenen Maske. Ihre Stimme hatte einen wundervollen warmen Flüsterton, Sie wusste sich weich anzuschmiegen und liess unter der Spitze der Maske grosse weisse Zähne glänzen. Ich war achtzehn Jahre alt und hielt sie mindestens für eine verkleidete Herzogin.

„Führ mich zur Erberia," bat sie mich gegen Morgen und ich überschritt mit ihr die leere dunkle Piazza. Wir mischten uns unter die lachenden Paare, die am Ufer des Kanals bei der Erberia auf und nieder wandelten.

„Marchesina, ich kenne dich." rief eine Maske im Vorbeigehen meiner Dame zu

„Doch nur eine Marchesina," dachte ich.

„Wo ist Ersilia?" fragte im Vorbeistreifen eine Pierrette.

„Krank, sehr krank," erwiderte meine Begleiterin.

Es legten viele Kähne an der Erberia an, die Nahrungsmittel für den Markt brachten. Eine lachende Kurtisane kaufte einer Bäuerin aus Chioggia für ein Goldstück ihre rauchende Morgenkohlsuppe ab, deren Duft alle Umstehenden lüstern einsogen.

„Mich friert," sagte meine Freundin Dolcisa, „komm mit mir nach Hause! Du gefällst mir."

„Wer bist du?" fragte ich fast sprachlos vor Überraschung, denn bis dahin hatte ich allen Grund gehabt, in meiner Begleiterin eine etwas ausgelassene Dame der Gesellschaft zu vermuten.

„Du bist dumm," sagte sie. Ihre dunklen Augen blitzten unter der Maske. Sie zog mich in eine Seitengasse.

„Bist du wirklich eine Marchesina?" fragte ich verlegen.

„Lächerlich, ein Spitzname."

„Wer ist Ersilia?" forschte ich nach einer Pause.

„Ach, die arme Schwester Ersilia!" seufzte sie, doch nicht sehr ergriffen, „sie muss sterben, sie flüstert mit ihrer Heiligen und sieht nicht, was wir tun."

Ich erschrak, ohne nachzudenken, warum.

„Ich bin ein gutes Mädchen," fuhr sie fort, „ich schenke nicht allen meine Liebe, aber ich bin arm."

Nun glaubte ich zu wissen, woran ich mich halten konnte. Ihre weiche offene Harmlosigkeit entzückte mich.

Kühle feuchte Morgenluft umwehte uns. Wir gingen schweigend durch die finsteren Gassen und überschritten zahllose schmale Kanäle. Dolcisa wollte um keinen Preis eine Gondel nehmen. Niemand begegnete uns.

Schliesslich traten wir wie in eine Lichtung auf einen kleinen Platz. In der Ecke starrte ein finsterer alter Palazzo. Dolcisa schloss ein wild verschnörkeltes Seitenpförtchen auf und schob mich hinein. Um uns war stickiges Dunkel. Wir gingen über viele krachende ausgetretene Stufen. Vor einer Tür standen wir still.

„Erwarte mich hier," flüsterte sie, „lass mich zuerst in die Kammer gehn und die Kleider wechseln."

Sie küsste mich im Dunkeln und trat in die Tür. Ich ging an ein Gitterfenster, durch das die erste Dämmerung in den engen Treppenraum drang. Mein Blick fiel in einen zerfallenen, ehemals gewiss sehr prächtigen Palasthof. Sollte sie doch eine Dame sein, die heimlich einmal ein Karnevalabenteuer haben wollte? Aber diese alten zerfallenen Paläste werden ja oft zu Spottpreisen an alle Welt vermietet. Dolcisa liess mich lange warten. „Vielleicht hat sie nicht den Mut, mich hereinzurufen," dachte ich und trat leise in das Gemach. Es war dunkel wie draussen. Aus der Ecke vernahm ich leises Seufzen, und mir war, als wälze sich jemand auf einem Lager.

„Sie wartet auf mich," sagte ich mir, „es ist galant, ihr die Lage so leicht als möglich zu machen."

Ich ging vorwärts, bis ich an die Kante des Lagers stiess, wo das Weib lag. Unter meinen Küssen stöhnte sie auf, krallte sich um mich und rief zur Madonna. Mich erschreckte diese entsetzliche Erregung.

„Sie ist vielleicht aus Neapel," reimte ich mir zusammen; ich wusste bereits, dass die Frauen Venedigs anders lieben, ruhig die Küsse schlürfen. Wie es so oft bei diesen schnellen Abenteuern geschieht, überkam mich — ich will nicht sagen — Widerwille, aber vollkommene Sattheit im Augenblick nach dem Genuss. Ein unbezwinglicher Trieb nach Alleinsein, nach meinen eigenen Zimmern erfasste mich und mir schien, als sei dieses ganz gewöhnliche Gefühl heute masslos gesteigert, wie bei einem Verbrecher, der vor dem Schauplatz seiner Tat ein Grausen empfindet. Ich sprang auf, sie hielt mich nicht zurück. Durch die Art unserer Zusammenkunft glaubte ich mich berechtigt, ihr ein paar Goldstücke in die Hand zu drücken, die sich krampfhaft schloss. Dann eilte ich hinaus. Auf der Treppe vernahm ich Schritte hinter mir.

„Komm doch, mein Lieber," rief Dolcisa, „warum gehst du denn fort?"

Zwei nackte Arme umschlangen mich. Eine weiche Wange lehnte sich in der Finsternis an die meine; junger heisser Odem umquoll mein Gesicht. Willenlos liess ich mich wieder die Treppen hinaufziehen. Dolcisa führte mich durch das Gemach, wo ich vorher gewesen, in eine anstossende kleine Kammer. Durch ein Dachfenster floss ganz dünne Dämmerung herein. Auf einem Stuhle hingen schwarze Gewänder und zwei dicke strohgelbe Kerzen lagen darauf.

„Das ist für Ersilia, wenn sie tot ist," erklärte Dolcisa; ihr weisses Hemd triefte von gespenstischer Helle.

„Mach doch Licht," sagte ich ein wenig gedrückt.

„Nein, nein; es ist alles so einfach und ärmlich. Wir müssen hier oben wohnen, denn die grossen Säle sind im Winter so kalt; sie sollen auch erst hergerichtet werden. Aber wir haben unser Geld verloren."

„Bist du eine Marchesina?" fragte ich wieder erstaunt.

„Das kann dir doch gleich sein. Du bist noch ein rechtes Kind."

Hatte ich sie verletzt? Sie trat an die Wand, wo ein buntes Wachsbild der Muttergottes hing. Davor züngelte hinter rotem Glas ein Ölflämmlein, dessen Schein das Bild rosig benetzte. Dolcisa blies nach der Flamme.

„Was machst du?" fragte ich unruhig.

„So sieht die Madonna nicht, was wir tun."

Dann kam sie zu mir; wir sanken auf ein Lager und dieses Mal genoss ich die sanfte, schwere, fast etwas träge Umarmung einer Venezianerin.

Dolcisa erhob sich zuerst. Nackt ging sie in das andere Gemach, in das nun auch die Dämmerung drang. Sie näherte sich dem Lager, wo ich vorher gelegen und schob die Hand unter die Laken.

„Tot!" rief sie plötzlich mit leichtem Schrecken. Willenlos sank sie vor dem Bett auf die Knie. Das nackte Weib betete im Dämmerlicht.

Erschrocken sprang ich auf; ich zündete eine der strohgelben Kerzen an. Das Licht hochhaltend, trat ich in das Nebenzimmer. Wie erstarrt blieb ich an der Tür stehen, als der flackernde Schein das Bett erhellte. Dort lag mit glasig blickenden Augen ein wundervolles junges Weib, dem wie eine geheimnisvolle Wolke reiches dunkles Haar um den Kopf wallte. Sie war ganz blass, von unnahbarer weihevoller Schönheit, wie eine antike Götterstatue. Dolcisa kniete vor ihr in hastigen, sich übereilenden Gebeten.

„Sie ist tot!" rief sie, sich umwendend, und etwas wie ein wirklicher Schmerz lag in der tränengedämpften Stimme. „Sie war keine Sünderin wie ich, sie ist als Jungfrau gestorben."

Zitternd trat ich näher. Dolcisa liess den Blick über die Leiche gleiten, deren prachtvolle weisse Formen halb entblösst vor uns lagen.

„Sie war viel schöner als ich," seufzte sie und es schien, als wolle sie durch dieses plötzliche Geständnis bei der Toten irgend etwas zu ihren Lebzeiten Versäumtes wieder gut machen. Sie drückte der Schwester die Augen zu und wollte die abstarrenden Arme an den Leib legen. Da bemerkte sie, wie es zwischen den zusammengekrampften Fingern funkelte. Sie entdeckte die Goldstücke. Ich konnte mich kaum aufrecht halten; doch Dolcisa stiess einen Freudenschrei aus:

„Die Madonna war gnädig," rief sie, „sie hat mein Gebet erhört, nun kann ich der Schwester ein würdiges Begräbnis schaffen."

Dankbar fiel sie wieder in ihr Gebet zurück.

Es war hell geworden. Ratlos stand ich vor der Gruppe. Ich fragte Dolcisa, oh ich ihr irgendwie dienen könne. Aber sie verneinte und sank sofort wieder in inbrünstiges Gebet. Ich verliess sie.

Zwei Tage ging ich wie verstört umher. Weder in meiner Wohnung, noch in den Strassen fand ich Ruhe vor dem Gedanken, dass ich den Tod umarmt hatte. Am dritten Tag fasste mich eine unbezwingliche Neugier. Ich suchte das Viertel wieder auf, um etwas über die Bewohnerinnen des alten Palazzo zu erfahren. Als ich den kleinen Platz betrat, sah ich eine Menschenmenge, die sich um das weit geöffnete Hauptportal des Palastes geschart hatte. Ein Priester mit zwei Chorknaben trat auf die Strasse. Dann wurde ein schwarzer Sarg herausgetragen, der, mit verschnörkelten Silberblumen verziert, einen Eindruck von Grossartigkeit machen sollte. Man lud ihn in eine gemietete Gondel und breitete die wenigen Kränze möglichst darüber aus. Dolcisa folgte schluchzend in dürftigem, doch aufgeputztem Trauergewand. Sie bestieg eine zweite Gondel, begleitet von einem uralten, gebrechlichen Herrn in altmodischer Eleganz, der sich sehr unbehaglich zu fühlen schien. Einige Personen bestiegen eine dritte Gondel und still schlich der Leichenzug durch die Lagunen. Ich hatte fast besinnungslos zugeschaut.

Der Flüsterton der Umstehenden erhob sich nun zu lebhaftem Plaudern.

„Die armen Marchesinen", sagte eine Alte . . . „und früher welch' ein glänzendes Leben in dem Palazzo, als der alte Marchese noch lebte . . ." „Sie waren liederlich," sagte eine dicke Bäckersfrau, „keiner wollte mehr mit ihnen zu tun haben . . ." „Gegen Ersilia kann niemand etwas sagen," meinte ein junger Mann, „sie war tugendhaft." Dann gingen viele Stimmen durcheinander: „. . . Schwindsucht, langsames Hinsterben . . . die arme einsame Dolcisa . . . noch so jung . . . aber sie hat den alten Oheim . . . sie wird sich ein glänzenderes Schicksal suchen, als ihn zu Tode zu pflegen . . ."

Alta-Carraras Erzählung war zu Ende. Um mich her sah und roch ich altes geschnitztes wurmstichiges Holz; ich hörte, wie langsam morsche, jahrhundertealte Marmorpaläste zerbröckelten, an denen Moos wuchs. Überall lag Moderduft; es war zum Ersticken. Man hörte durch die Zeit hindurch die Werke der Menschen faulen. Ringsum rauschten die Jahrhunderte in trüben Dämpfen empor. Alles schien vom Kuss des Todes berührt und war zum Niedergang bestimmt. Ich hatte das dumpfe Gefühl, als trüge ich selbst mit die Schuld, dass die Welt sterben sollte. Ach, ich hatte meine Tage schlecht benutzt. Es hätte anders werden können, wenn ich gewollt. Wie freute ich mich über die Züchtigung, die mir ward. Die Leiden, auf die ich gewartet, begannen. Mir war, als stürzte mitten in der zerbröckelnden Welt etwas klirrend zusammen, was mich in hohem Masse betraf. Es sah zwar, als ich hinblickte, nur aus wie eine Messbude, so eine purpurrot tapezierte mit vergoldeten Spiegeln, vor denen Lampen brennen; darin aber konnte man durch Gucklöcher die Haupthandlungen meines Lebens sehen. Und es war mir höchst fatal, dass so viele Leute hineingeschaut hatten. Das wunderte mich selbst, denn ich war früher stolz gewesen auf mein reiches, buntes Leben.

„Weiter . . . weiter . . ." rief ich, „mehr von dieser bittersüssen Weisheit." Und wie aus einem Abgrund tauchte ein kräftiger Mann. Er hatte einen blauschwarzen viereckig geschnittenen Bart, wie ein assyrischer Magier und war von violettem Samt umwogt, den er wie eine geliebte Katze streichelte. Er sprach gleichgültig, in fast verächtlichem Ton, der sich aber später zu heftiger Erregung steigerte. Er erzählte:

## DIE SÜNDE WIDER DEN HEILIGEN GEIST

IN Spanien gab es einmal ein paar junge Leute, die sich einen wirklichen Spass machen wollten. Alles, was an Wahnsinn oder an das Hospital erinnerte, lag ihnen fern. Sie verschmähten auch, berauschende Drogen einzunehmen. Diese höchst schwächlichen Notbehelfe waren der damaligen Zeit nicht gemäss. Man wusste auch nichts vom Spiritismus, dieser Kloake der Mystik, noch von der Hypnose, mit der in unserer wunderlosen Zeit die exakte Wissenschaft nachgehinkt kommt. Es sollten einfach aus der Kraft des Willens heraus, mit Hilfe von Witz, Phantasie, Mut und Gewandtheit unerhörte seelische Schauspiele in andern Personen hervorgerufen werden. Schauspiele, die womöglich ihre Schatten bis ins Jenseits werfen würden eine Art Fopperei mit Perspektiven in die Ewigkeit. Die Reihe der Todsünden wird leider fast täglich in unserer Nähe erschöpft. Hier erschlägt einer im Jähzorn die Geliebte, einem andern erweckt eine klägliche Wissenschaft den Hochmut der Gottähnlichkeit, ein dritter überfrisst sich und wie die Missetaten phantasieloser Leute nur immer heissen mögen. Nur einen Frevel gibt es, dem die Kirche schon dadurch eine Sonderstellung anweist, dass sie erklärt, er könne nie vergeben werden; die Priester behaupten sogar, Gott lasse ihn kaum zu: die Sünde wider den heiligen Geist. Die jungen Leute, von denen ich erzählen wollte, konnten sich daher gar nichts Geheimnisvolleres, Sehenswerteres vorstellen, als das Geschehen dieser unerhörten Sünde. Sie wollten vor allem wissen, ob sie überhaupt möglich sei, wie sie sich vollziehen würde, ob Gott dazwischen träte, ob der Weltlauf stillstünde, oder ob sich vielleicht gar nichts ereignete.

Die Sünde wider den Heiligen Geist besteht einfach darin, dass man ihn beleidigt, das Heiligste lästert. Dazu gehören drei Bedingungen: der Wille, das Bewusstsein und die Kraft des Lästerers. Er muss den höchstmöglichen Frevel begehen wollen, muss wissen, wen er beleidigt und was er damit wagt, also den Glauben haben, er muss durch die Kraft seines Willens, seiner Werke imstande sein, Gott überhaupt zu treffen. Seine Schmähungen dürfen nicht wie das Gebell eines bösen kleinen Hundes abprallen. Ausser von Satan selbst, der, wie man weiss, früher der schönste der Engel war und sich jetzt in beständiger Empörung gegen den Heiligen Geist befindet, kann die Sünde eigentlich nur von einem Heiligen begangen werden, der die im Dienste Gottes erworbene Kraft des Gebetes, des Glaubens, der Berge versetzt, plötzlich gegen Gott selbst wendet.

Man suchte zunächst nach einem geeigneten Opfer. Es fänden sich eine Anzahl Jungfrauen, deren Reinheit sogar Wunder hervorbrachte. Aber es erwies sich, dass ihre Tugend, ihr Glaube doch nicht viel mehr war, als der Mangel an Gelegenheit zum Fall. Wenn sie auch Gott lebendig in sich fühlten, so waren ihnen die Kniffe und Schliche Satans fast ganz unbekannt.

Schliesslich dachte man an die vierzehnjährige Teresa Alicocca, die Tochter einer Kurtisane. Ihre Mutter hatte seit der Geburt des Kindes keine peinigendere Sorge gehabt, als dass es einen ähnlichen Weg wie sie gehen würde, und wenn auch an ihr selbst nichts mehr zu verderben war, so übergab sie doch die Tochter der strengsten Erziehung in einem Kloster der Karmeliterinnen. Man hätte von ihr nicht mehr erfahren als von den anderen Zöglingen, wenn sie nicht schon in so frühem Alter beständig von den Priestern als leuchtendes Beispiel für das Wunder der Substitution gepriesen worden wäre, worin sich ja auch Teresas namensverwandte Schutzpatronin bekanntlich ausgezeichnet hat. Mit Gebeten und Kasteiungen war es ihr nämlich durch Vermittlung der heiligen Teresa gelungen, dem Bösen gegenüber an Stelle ihrer Mutter zu treten, sich ihr zu substituieren: sie ging freiwillig den Dämonen der Wollust und der Geldgier entgegen, die es eigentlich auf die Mutter abgesehen hatten. Während diese fortgesetzt, trotz ihrem Glauben, den satanischen Strömungen erlag und sich mitreissen liess, wusste Teresa solche Ausflüsse der Hölle von nun an auf sich zu lenken und sie zu überwinden. Die Folge davon war, dass die Mutter zu ihrer eigenen Verwunderung auf einmal imstande war, die Versprechungen zu halten, die sie immer wieder im Beichtstuhl machte. Sie begann ein bussfertiges Leben zu führen und dankte dem Himmel, der ihr von der Frucht ihrer Sünde selbst die Gnade hatte kommen lassen.

Niemand konnte den jungen Leuten zu ihrem Vorhaben geeigneter erscheinen als Teresa Alicocca. Sie fühlte und sah nicht nur Gott, sondern auch die Fallen Satans waren ihr, die nie gesündigt hatte, bekannt. Die Kraft zu der grossen Sünde besass sie zweifellos; wenn man sie ohne Berauschung dazu bringen könnte, würde sie auch das Bewusstsein haben. Es handelte sich also darum, die dritte Bedingung in ihr zu schaffen, den Willen, den Heiligen Geist zu lästern.

Den jungen Leuten wurde es nicht sehr schwer, sich Teresa zu nähern, da sich unter ihnen ein Priester befand, Fray Tomàs de Leon, der im geheimen dem Satanismus ergeben war. Durch ihn hatten sie überhaupt genaueres über Teresa erfahren. Der Geruch der Frömmigkeit, in dem er stand, verbunden mit einem ungemeinen Scharfblick in die menschliche Seele, hatte die Karmeliterinnen veranlasst, ihn zu ihrem Beichtvater zu erwählen.

Er wusste, dass Menschen wie Teresa nie mit sich zufrieden sind, dass sich immer wieder Falten ihres Bewusstseins öffnen, in denen kleine Vorwürfe, Zweifel, Mahnungen an Unterlassenes liegen. Kluge, wohlwollende Priester pflegen daher solchen Beichtkindern die eingehende Gewissensprüfung zeitweise zu verbieten. Fray Tomàs dagegen verstärkte diese selbstquälerischen Stimmen, indem er fragte, ob sich Teresa denn auch ganz frei von der Todsünde des Hochmuts fühle, ob sie sich nicht bisweilen für eine Heilige halte, da sie sogar die Missetaten anderer auf sich nehme. Die Substitution sei zwar eines der gottgefälligsten Werke; war aber Teresa wirklich rein und demütig genug? Indem der Priester täglich den Finger in die zuerst leichte Wunde legte, gelang es ihm, in Teresa eine unsägliche Verwirrung zu schaffen.

Ob denn nicht die Bekehrung der Mutter als Beweis für die Reinheit ihrer Gebete gehalten werden könne? wagte sie schüchtern einzuwenden. Das könne Teufelswerk sein. Was verschlüge es dem Bösen, dass eine Hure, der er sicher war, einige Zeit züchtig lebte, wenn er dafür eine Jungfrau durch die Todsünde des Hochmuts fangen könne?

Teresa wurde nun so unsicher, dass sie tagelang die Substitution nicht wagte; sie bat sogar Gott, nicht mehr Anfechtungen über sie ergehen zu lassen, als er ihr in seinem gerechten Zorne zugedacht hatte. Als der Priester so ihre Kraft gebrochen sah, fragte er sie, ob sie jetzt nicht in den entgegengesetzten Fehler verfallen sei? Ob sie, die vielleicht doch eine Erwählte war, nicht aus Kleinmut und Trägheit auf das Wunder verzichte, sie, die schon aus blosser Kindesliebe alles tun müsse, um die Seele der Mutter zu retten. Teresa wollte von neuem die Substitution versuchen, aber wenn sie vor dem Heiland kniete, fühlte sie, dass ihre ängstlichen, zerrissenen Gebete keine Kraft mehr hatten. Eine wahnsinnige Angst vor dem Teufel erfasste sie und, von ihren eigenen Sünden gepeinigt, vermochte sie das Wunder nicht mehr zu erfüllen. Ihre Unreinheit wurde ihr immer mehr bewusst. Hatte sie nicht manchmal gejauchzt, ein Weib zu sein, weil sie darum den Heiland viel inniger lieben konnte? Sie war ja eine schlimmere Dirne, als die Mutter, die der Schwachheit des Fleisches unterlag und dann reuig zur Madonna floh; sie aber trug die Gemeinheit ihres Geschlechts an den Altar, sie vermengte ihre Wollust mit den Gebeten. Ihre Ekstasen, die sie für ein Vorgefühl der ewigen Seligkeit gehalten, erwiesen sich als Schändungen Gottes; die Stimmen der Heiligen, die sie zu vernehmen glaubte, waren die Schmeichellaute der schwelgenden Sinne. Sie hatte wider den Heiligen Geist gesündigt. Diesen Seelenzustand beichtete sie dem Priester, der sich jedoch mit dem Erfolg noch keineswegs zufrieden gab. Er sah, dass die Sünde wider den Heiligen Geist vorläufig nur in Teresas gequälter Einbildungskraft bestand. Zunächst bestärkte er sie in ihrem Irrtum.

„Diese fehlerhaften besudelten Gebete," erklärte er, „sind freilich schlimmer, als die eingestandene Gottlosigkeit. Der offene Unglaube ist unfruchtbar, dumm, ohnmächtig. Aber solche fiebernde Gebete erhalten durch die brünstig erregte Seele immerhin eine gewisse Macht. Sie sind zwar nicht lauter und kräftig genug wie das reine Flehen der unbefleckten Herzen , sich mit dem ewig aufsteigenden Gebetsstrom der Christenheit zu vereinen und so den Beter unaufhörlich mit der allgemeinen unsichtbaren Kirche zu verketten, die ihn trägt und schützt, in deren Schoss ihn die Anfechtungen Satans unbekümmert lassen. Solche Gebete haben aber wohl die Macht, Sonderströme zu schaffen, die, von dem Hauptgebetsstrom abgestossen, wieder zu dem Beter zurückkehren, ihn mit ihrer Unreinigkeit wie mit heissen Händen umschlingen, seine Zelle wie mit Spinnweben verdunkeln, ihn unter den Larven seiner eigenen unheiligen Gedanken erdrücken, bis er in seiner Sündigkeit erstickt."

Fray Tomàs erreichte durch diese Erklärung, dass Teresa die Einsamkeit ihrer Zelle nicht mehr ertrug. In der Luft schienen die flüchtigen Spiegelbilder ihrer Sünden zu schwirren. Ihr war, als sei das Gewebe, das der Böse um sie geschlungen, schon so dicht, dass ihre aufrichtigsten Gebete nicht mehr herauszudringen vermochten. Sie fühlte sich wie abgetrennt von der allgemeinen unsichtbaren Kirche. Diesen Zustand benutzte der Priester, um Teresa zu bestimmen, ihre Zelle zu verlassen. Auf die Klöster habe es ja Satan ganz besonders abgesehen, und zumal die, wo die Substitution geübt werde, seien wahre Magnete für die satanische Ausstrahlung. Eine schwache Natur, wie Teresa, sei daher überall besser aufgehoben als in einer einsamen Klosterzelle. Als Beichtvater wusste er ihr klarzumachen, dass es ihre Pflicht sei, einen so aussergewöhnlichen, beunruhigenden Fall, wie den ihren, dem sanften, heiteren Gemüt der Oberin zu verschweigen, die dadurch nur in die höchste Verwirrung geraten würde.

Eines Nachts verliess Teresa Alicocca das Kloster durch ein Gartenpförtchen. Fray Tomàs brachte sie in einem Kahn zu dem halb blinden, halb tauben Küster einer abgelegenen, wenig besuchten Kirche. Dort sollte sie eine Zeitlang die gefährliche Beschaulichkeit ihres bisherigen Lebens durch die niederen Handreichungen in einem ärmlichen Hauswesen ersetzen. Nichts schien ihr einleuchtender, als durch ermüdende, demütige Arbeit ihre verwirrte Seele allmählich wieder zur Ruhe kommen zu lassen. Fray Tomàs besuchte sie täglich. Er erzählte, Teresas Mutter sei wieder in das alte Sündenleben zurückgefallen. Die früheren Versuchungen, vor denen die Tochter sie geschützt, seien nun von neuem an sie selbst herangetreten und besonders habe sie sich, der Verzweiflung über das Verschwinden der Tochter nachgebend, zu den schimpflichsten Gotteslästerungen hinreissen lassen. Täglich brachte Fray Tomàs ähnliche Nachrichten. Teresa wäre am liebsten sofort zur Mutter geeilt, aber der Priester verstand es, sie zurückzuhalten. Man würde sie entdecken und in das Kloster zurückliefern. Was konnte sie auch der Mutter durch ihre Gegenwart eigentlich nützen? Sie solle lieber durch Kasteiung und Gebete ihre frühere Reinheit zurückgewinnen und die geziemende Demut vorausgesetzt von neuem das Wunder der Substitution versuchen. Einmal rief sie aus:

„Wenn schon ein Opfer Satans fallen muss, warum kann ich es denn nicht sein? Ich bin ja viel schlechter als die Mutter."

Der Priester sah sie lange forschend an. Der Gedanke, den er ihr allmählich eingeben wollte, war von selbst in ihr erwacht.

„Was du verlangst, meine Tochter," sagte er ruhig, „ist möglich. Wenn du dich dem Bösen als Pfand geben willst, um die Mutter zu retten, so nimmt er es an."

„Ich will," erwiderte sie tonlos; und Fray Tomàs de Leon fiel vor ihr auf die Knie und küsste den Boden.

„Gebenedeite unter den Weibern," rief er aus. „Tochter Gottes, Schwester des Heilands. Weh mir Blindem, der ich dich für eine Sünderin hielt, da du freiwillig den Schein der grössten Missetat auf dich nahmst; aber zweifelte nicht auch Nikodemus zuerst an der Gottheit des Herrn, weil er irdischen Leib trug? Siehe, ich bin der erste, der vor dir niederfällt, nicht wert, die Riemen deiner Schuhe zu lösen. Vergib mir, wenn ich dich nicht erkannt."

In höchster Verwirrung hatte Teresa Alicocca zugehört.

„Steh auf," rief sie zitternd, „was verlangst du von mir? Willst du mich versuchen, willst du in mir den Teufel des Hochmuts von neuem erwecken?"

Fray Tomàs stand auf:

„Siehe, ich bin berufen, dir eine letzte erschütternde Prophezeiung zu enthüllen, welche die Kirche bisher als tiefstes Geheimnis hielt. Jesus Christus ist Mensch geworden; über die Welt bis in das Fegefeuer reichte sein rettender Arm, doch seine Göttlichkeit stand still vor den Pforten der Verdammnis; unerlöst blieben die Kinder der Hölle; denn dorthin führt nur die Sünde wider den Heiligen Geist, die der Gottessohn nicht begehen kann. In den spätesten Zeiten aber  so heisst es  soll ein Weib geboren werden. Freiwillig wird sie die Tore der Hölle durchschreiten. Ihrem sündigen Menschentum werden sie sich nicht verschliessen. Aus freier Wahl wird sie die grösste Sünde begehen, um die Fesseln derer zu lösen, die an die Ewigkeit ihrer Qual geglaubt. Das ist die letzte Vollendung der Güte des Herrn. Dann aber wird sie umkehren und gen Himmel fahren; sprengen muss sie die Dreieinigkeit, die nunmehr erfüllt ist, und sie wird thronen zu Häupten Gottes, des Vaters, des Sohnes und des Heiligen Geistes, reitend auf der Taube, in ewiger Viereinigkeit."

Wieder fiel Fray Tomàs auf die Knie.

„Steh auf, steh auf," rief Teresa, „ich darf dir nicht glauben  ich zittere, eine Erwählte zu sein  eine andere wird kommen; nur sage mir  ich beschwöre dich  was kann ich tun, um die Mutter vor der Verdammnis zu schützen?"

Der Priester erhob sich.

„Wie Christus eine Spanne Zeit auf Erden wandelte, so wirst du in der Hölle eine Frist der Verdammnis erfüllen und mit den verstocktesten Sündern dich und die Mutter erlösen."

„Was kann ich dazu tun?" fragte Teresa zitternd.

Und unerbittlich fuhr Fray Tomàs fort:

„Nur wer von einem Weibe geboren wird, kann einen irdischen Leib erlangen; nur wer die grosse Sünde begeht, die nie vergeben werden kann, wird zur Hölle fahren."

„Die Sünde wider . . .?" stotterte Teresa.

„So ist's, die Sünde, die Christus nicht begehen konnte, vor dessen Göttlichkeit sich darum die Hölle verschloss. Glaubst du, dass er überlegte, als er Mensch wurde, ob er seine Göttlichkeit einbüssen müsse? Und du setzest nur dein Menschentum aufs Spiel. So wie die Unreinheit der Empfängnis von Maria genommen wurde, so sollst auch du von deiner freiwilligen Sünde nicht befleckt werden."

Ohne auf Antwort zu warten, ging Fray Tomàs von dannen. Teresa lag die ganze Nacht in Tränen auf den Steinfliesen der Kirche und flehte um Erleuchtung. War es Mangel an Demut, wenn sie manchmal jubeln wollte, vielleicht doch die Erwählte zu sein?

Am nächsten Tag brachte Fray Tomàs die Nachricht, Teresas Mutter sei von einer Gesellschaft junger Schwelger durch Gold bewogen worden, in einer der kommenden Nächte nackt, nur mit masslosem Schmuck bedeckt, vor ihnen als Salome zu tanzen. Man wollte ihr aus Wachs einen Johanneskopf anfertigen lassen; sie selbst aber, die sich seit einer Woche vor Gotteslästerungen nicht zu halten wisse, habe im geheimen den Auftrag gegeben, man solle nicht das Johannesantlitz in Wachs giessen, sondern die wohlbekannten Züge des dornengekrönten Christus in der Kapelle der heiligen Ignazia. Warum habe ihr Gott die Tochter mit ihren kräftigen Gebeten entrissen, soll sie gerufen haben, nun sei es seine Schuld, wenn sie sich dem Satan ergebe. Zweifellos meinte der Priester habe sie eine entsetzliche Schändung des Jesushauptes vor, die Sünde wider den Heiligen Geist.

Teresa fiel kraftlos zu Boden.

„Erkennst du den Fingerzeig Gottes, meine Tochter?" sagte Fray Tomàs; „mahnt er dich nicht selbst, dass jetzt die Stunde gekommen ist, wo du freiwillig der Mutter Sünde auf dich nehmen sollst, die dir allein die Hölle öffnet, auf dass sie nimmer geschlossen werde, nachdem du alle Verdammten erlöst hast?"

„Ich verstehe dich nicht."

„Glaubst du, dass Gott oft diese Sünde erlaubt? Heute, im Augenblick, wo du deine Berufung erfüllen sollst, will er sie zulassen in deiner nächsten Nähe, an deiner Mutter, die du ohnehin vor dem Bösen zu vertreten gewohnt bist? Sollen mehr Fäden in einem Knoten zusammentreffen? Das Laster der Mutter, deine Sehnsucht, sie zu retten, waren nur Fingerzeige für dein hohes Werk. Selten enthüllt sich Gottes Wille so klar. Mit einem Trank will ich deine Mutter an dem verfänglichen Abend in Schlaf versenken. Du aber wirst, angetan mit dem Schmuck, den die reichsten Jünglinge der Stadt zusammentragen, den Tanz vollführen. Du wirst die Sünden der Verdammnis tanzen: den Hochmut, die Trunkenheit, die Wollust an der Kreatur, du, die du demütig, nüchtern und keusch bist. Freiwillig wirst du Gott verfluchen, das Christushaupt bespeien und den Satan brünstig lachend um die Lust der ewigen Verdammnis anflehen, auf dass sich die Tore der Hölle vor dir öffnen und du alle Verdammten unter ihnen aber deine Mutter zum Himmel führest."

Teresa wand sich verzweifelt am Boden, während den Priester das Vorgefühl dieses Schauspiels bis zum Taumel erregte.

„So nimmst du alle Sünden der Zukunft vorweg durch die grösste, die je begangen werden kann. Im Augenblick aber, wo der Satan lüstern den Arm nach dir streckt, um dich zur Königin der Hölle zu erheben, wird er im eigenen Lager geschlagen, gefangen in seinem Netz; denn durch deinen menschlichen Leib wird dann Gott ein schreckliches Mal geruht haben, sich des Betrugs zu bedienen, dessen Verkörperung Satan ist; so wird als letztes Mysterium! der Teufel durch sich selbst vernichtet, der Betrüger betrogen, die Sünde ist für immer tot. Das aber wird das Werk der heiligen Teresa Alicocca sein, und die himmlischen Heerscharen, die sie aufwärts tragen, werden singen:

„Gloria patri et filiae!"

Fray Tomàs bekreuzte sich und liess sie allein. Er wusste sie nun vorbereitet genug, um sie im letzten Augenblick überrumpeln zu können.

In einer der folgenden Nächte lag Teresa Alicocca nach ihrer Gewohnheit vor dem Altar der dunkeln kleinen Kirche flehend ausgestreckt. Ihr lautes Schluchzen durch die Finsternis wurde plötzlich unterbrochen, indem die Orgel wie unter Geisterhänden leise zu spielen begann, und zwei zerbrechliche Kinderstimmen sangen hell und zart:

„Gloria patri et filiae."

Ein heftiges Beben überkam Teresa. Sie glaubte an ein Wunder der Erleuchtung und heisse Dankgebete strömten von ihren Lippen. Da trat mit einer Kerze in der Hand Fray Tomàs de Leon hinter dem Altar hervor. Er war silberweiss gekleidet. Unter dem Arm trug er einen Schrein.

„Steh auf, Gebenedeite!" rief er ihr zu, „lass den niedrigsten der Diener deinen Leib zum Opfer schmücken!"

Und die hellen Kinderstimmen tönten licht und wie durchsichtig durch das Gewölbe.

„Steh auf Tochter Gottes, Schwester Jesu!"

Willenlos, geblendet von der Helle, die den Priester umfloss, erhob sie sich. Mit sanften, gewandten Händen half er ihr das armselige Klostergewand zu öffnen, Es sank um sie herab, wie die irdische Hülle einer Verklärten. Die Augen mit Heftigkeit auf den Christ gerichtet, suchte sie ihre Scham wie einen Schmerz zu verbeissen. Die letzten Gewänder fielen nieder; sanft zog ihr der Priester das rauhe Hemd ab und legte segnend die Hände über das nackte Weib. Dann öffnete er den Schrein und nahm funkelnde Geschmeide heraus . . .

„Trage die sündenschwangere Schwüle der mattgrauen Wolkentage, die Last unserer trügerischen Sehnsucht!"

Er legte blasse, siebenfache Perlenschnüre um ihren Hals.

„Lass dich umwinden vom gold-durchfunkelten Blau der Himmel, vom Jauchzen der Kreatur, die den Menschen aufregt zum farbigen Baalstanz seiner götzendienerischen Kunst."

Der Priester wand ein hellblaues Atlasband mit masslosen sonnigen Topasen unter ihre Brüste, die spitz und starr heraustraten.

„Lass dich lüstern streifen von lauen Wäldern, den Unterschlupfen der Wollust, von den gärenden Wassern im Regenbogenglanz, wo Tiere dämmern, Geschwister der schwülsten Begierden!"

Wie Blätter des Waldlaubs streute er tannengrün-tiefen Smaragd, sanften Beryll, birkenblasse Chrysoprase; moosiger Nephrit und verfänglich schillernde Opale lagen um ihre Lenden.

„Beuge dich dem zehrenden Feuer, das den Bauch der Erde zersprengt, den Aufruhr entzündet im Schosse der Völker!"

In fesselloser Verschwendungsgier umschloss er sie mit Spangen von glühendem Rubin und weichrotem Karneol; Granaten, Almandinen und Korallen sanken wie Blutstropfen auf den Schoss der Jungfrau.

„Wühle auf deine Locken, den Ozean, den Duftausbruch des verworrenen Verlangens, trage darin das Irrlicht der Erkenntnis, das schaukelt über den Sümpfen der Sinne, die ewige Lampe des Hochmuts der Wissenden!"

Fray Tomàs löste mit wildem Griff das wogende Haar und drückte eine Diamantenkrone hinein. Trunken vor seinem funkelnden Werke sagte er:

„Nackt prunke, leuchte, singe dein Leib unter der Pracht und den Sünden hervor, auf dass dich Satan zeichnen möge!" Doch, wie in plötzlicher, verzweifelnder Entsagung fuhr er fort: „Deine Schritte beschwere der finstere Fluch unserer purpurnen wühlenden Nächte, da uns die Atemzüge der Hölle glühend ins Antlitz fauchen, das da funkelt in steter Empörung und Wollust, im Schrei nach endlichem Licht!"

Und Fray Tomàs de Leon legte ihr trüben Amethyst, nächtigen Saphir und Aquamarin in finster-bläulichen Schnüren von dem Lendengurt bis zu den Knöcheln wie durchsichtige orientalische Beinhüllen.

Beladen mit aller Herrlichkeit, mit allen Freveln der Erde starrte die Vierzehnjährige auf den Christ über dem Altar und wusste nicht, wie ihr geschah. Auf einer goldenen Schale reichte ihr Fray Tomàs das grünlich schimmernde Wachshaupt Jesu. Dann ergriff er sie an der Hand und wandte sie gegen die Kirche, die indessen in überhellem Kerzenschein erstrahlt war. Auf den Fliesen lag ein weisser Teppich ausgestreckt, an dessen Ecken Fackeln brannten und Myrrhenbecken dampften. Fray Tomàs führte die Zagende mitten auf den Teppich.

„Tanze, Tochter des Himmels, tanze den Tanz der Erlösung und erfülle in prahlender Unzucht in dieser einen Stunde alle die Frevel, die der Satan noch von der Menschheit zu fordern hat!"

Plötzlich fiel die Orgel in wilden Rhythmen ein. In den halbdunklen Ecken der Kirche schlugen vermummte Männer heilige Gefässe wie Becken und Zimbeln aneinander. In entsetzlichem Gemisch mit der Feierlichkeit ertönte das barbarische Geräusch von Tamburinen; trunkene Weiberschreie drängen hinter den geblähten Vorhängen der Beichtstühle hervor.

„Tanze, tanze!" schrie der Priester voll Ungeduld und schien die Zögernde, die sich unter der Last der Geschmeide kaum zu bewegen wagte, durch springende Schritte ermutigen zu wollen. Und langsamen, schüchternen Ganges, beladen mit den Freveln der Welt, bewegte sich Teresa Alicocca über den Teppich, den Kopf des Heilands auf einer Schale tragend. Aus den Ecken, wo sich Männer und Frauen schaugierig drängten, sprangen nun plötzlich die jungen Leute, des Priesters Freunde, hervor; mit Fackeln und blossen Schwertern im Arm tanzten sie jauchzend um den Teppich.

„Wilder, toller!" riefen sie der Ängstlichen zu. „Du musst uns alle erlösen; aber unsere Sünden sind noch brennender, empörender, räuberischer, als dein Tanz. Du musst verruchter tanzen, als unsere Missetaten sind, die gen Himmel schreien. Nur so kannst du uns zum Heile sein!"

Während die Wut der Orgel niederdonnerte, liess sich Teresa zu immer wilderem Tanze treiben. Sie warf die Schale mit dem Haupte von sich und fand in plötzlicher Erleuchtung die versonnensten Gliederkrümmungen der asiatischen Tänzerinnen. Sie bot ihren Schoss offen der Kerzenhelle dar und entriss ihm mit gewaltiger Gebärde die Blume ihres Jungfrauentums, so dass ihr weisser Körper über die roten Rubinen blutete.

„Eine blutende Hostie des Satans!" rief Fray Tomàs verzückt. Sie aber heulte auf vor Schmerz und stürzte sich auf das wächserne Haupt vor ihren Füssen, umschlang es, wie den Kopf eines Tänzers, krallte die Zähne hinein, ihre Qual zu verbeissen.

Und sie tanzte die Sünden der Hölle!

„Küss ihn," rief ihr der Priester zu; willenlos tat sie nun alles, was er befahl. „Verspott ihn, spei ihn an, wirf ihn hin, tanze drüber weg, zertritt ihn, zermalm ihn lästere die Dreieinigkeit rufe zu Satan!"

Und gebeugt von der Last der Sünden der Verdammnis schrie Teresa Alicocca:

„Satan, Lucifer, Adonai!"

„Was willst du?" rief eine dumpfe Stimme aus der Krypta.

„Nimm mich in die ewige Qual!" stöhnte Teresa.

„Und Gott? Glaubst du an ihn?"

„Ich glaub' an ihn, ich fühle seine Majestät, aber dennoch schreie ich mich von ihm los, dein will ich sein !"

„Bist du willens, den Heiligen Geist zu schmähen?"

„Tat ich's nicht schon?" rief sie atemlos.

„Willst du Lucifers Beischläferin sein, der Gott kennt und ihn darum hasst?"

„Ich sehe Gott," rief Teresa ekstastisch, „und will doch deine Dirne sein, Satan!"

In diesem Augenblick sprangen die jungen Leute mit Dolchen bewaffnet auf den Teppich.

„Schnell . . . schnell . . ." rief Fray Tomàs, „ehe sie bereuen kann, ehe sie das grosse Werk zerstört!"

Und im Nu stürzten sie auf das verzückt dahintanzende Weib ein. Sechs Dolche staken in Teresas Leib im Herzen, im Nacken, im Bauch, in den Lenden, in der Scham aber keiner schien sie verwunden zu können. Gefühllos tanzte sie weiter, wie eine Nachtwandlerin. Sechs Dolche umstarrten sie, als gehörten sie zu ihrem masslosen Schmuck.

„Sie fühlt nichts mehr," rief einer erschrocken. Mit einem Messer schnitt er in den Arm der Tanzenden, ohne dass Blut floss. Langsam fielen die Dolche wie reife Früchte von ihr ab.

Das Leben schien still zu stehen im Augenblick fessellosester Entladung. Die Fülle des Rausches war plötzlich aus den Seelen geschnellt. Leer gebrechlich standen die Ernüchterten da und wussten kaum im plötzlich erstarrten Geist die Züge des entflohenen Phantoms, das ihnen Leben geschienen, zurückzuhalten. Sie schämten sich zu reden; sie fühlten, wie kläglich ihre Stimmen jetzt klingen mussten.

Stöhnen, Heulen riss sie aus ihrer Erstarrung. Entsetzt sahen sie, wie sich Fray Tomàs de Leon am Boden wand. Er bohrte die Blicke, klammerte seine Hände an ein Kruzifix und schrie. Man beschwor ihn um Erklärung. Er aber wagte nicht emporzublicken, die Augen abzuwenden vom Gekreuzigten. Mit der Hand nach der Decke deutend brüllte er wie ein zu Boden geschlagenes Vieh:

„Gott . . . Gott . . . !"

Er bellte den Namen Gottes durch das Gewölbe.

„Gott lässt die Sünde wider den Heiligen Geist nicht geschehen!

Derweil ihr Leib das Gefäss unseres Unrats war, hielt der Ewige ihre Seele fest und machte ihr Leben unverwundbar . . . !"

Den jungen Leuten war, als peitsche ihnen einer in die Kniekehlen und zwänge sie nieder. Am Boden liegend wimmerten sie klägliche Gebete. Teresa taumelte immer langsamer, das Haupt fiel ihr vornüber, die Arme erschlafften und sie sank zusammen wie die Flammen der Kerzen, die rings niedergebrannt waren. Aus den Ecken der dunklen Kirche aber, hinter den Vorhängen der Beichtstühle, von dem weissen Teppich stieg verzweifeltes Stöhnen und Beten der Reue empor.

Der Abgrund meines Lebens hatte sich so weit geöffnet, dass es mir möglich war, bis auf den Boden zu blicken. Ich sah eine Grenze, wo ich Unendlichkeit vermutet hatte. Die menschliche Einbildungskraft, das Spiel des Verstandes zeigte sich erschöpft, es konnte nicht weiter getrieben werden. Mir war, als sei ich auf dem Weg der Erkenntnis mit der Stirn an eine dunkle Wand gestossen, die nicht weichen wollte, wie sehr ich mich dagegen stemmte. Konnte ich einen deutlicheren Beweis verlangen, dass ich auf dem Irrweg war, dass ich mich verlaufen hatte? Und ich kehrte um.

## DIE BOTSCHAFT

ICH ging in den Strassen der Stadt, wo ich wohnte. Es war mir bewusst, dass ich mich meiner Wohnung näherte . . . Ja so, ich hatte Haschisch genommen. Wo war denn eigentlich mein Rausch hingekommen? Ich fühlte mich ruhig und zufrieden. Nun ging ich nach Hause. Dort würde ich nie Haschisch oder Opium geniessen; man kann ja nicht wissen, was von den Phantasien an den Möbeln hängen bleibt. Meine Zimmer mussten rein sein. Da empfing ich eine Frau, die ich liebte, da arbeitete ich, manchmal kamen Freunde; alles war dort nach meinem Geschmack; jeden Gegenstand hatte ich mit Bewusstsein irgendwo gekauft . . . oder er war ein Geschenk . . . . oder ein Erbstück . . . meine ganze Lebensgeschichte hing an diesen Möbeln, meine Reisen . . . eine Art Tagebuch: mit einem Wiegenbett fing es an, darin lagen einst meine Spielsachen dann kam ein alter Sessel, auf dem früher abends mein Vater sass und erzählte . . . so ging es weiter. Da war eine Lampe, bei deren Schein ich mich auf eine Prüfung vorbereitet hatte, und nun gar die Photographien und Bilder! Dann ein altes chinesisches Tintenfass, das meine erste Geliebte in entzückender Wut zerbrochen, und später einmal ein geschickter Knabe wieder zusammengesetzt hatte. Alles war lebendig in dieser Wohnung. Und dorthin sollte ich regellose Haschischphantasien dringen lassen? Oft hatte ich mich geweigert, spiritistische Sitzungen darin abzuhalten. Nichts Fremdes über meine Schwelle! Ich war eigentlich ganz glücklich, dass ich solch ein Asyl mitten in dem unsauberen Leben des Jahrhunderts hatte.

Eben wollte ich eine Strasse überschreiten, als ich mich von einer Dirne in geradezu roher Art angestossen fühlte. Sie sah ältlich und fett aus. Ihre Lippen waren in jenem Lächeln erstarrt, das wie die Versteinerung einer von Anfang an geheuchelten Empfindung scheint. Während andere ihresgleichen mit einem gewissen Kennerblick sofort den für ihre Absichten Ungeeigneten unterscheiden und seines Weges ziehen lassen, wollte mich diese ganz und gar nicht freigeben. Sie drängte sich trotz meiner heftigen Abwehr fortgesetzt an mich heran und sprach auf mich ein. Ihre schlaffen Wangen waren mit Schminke geradezu überladen. Es fiel mir auf, dass das lange Elend diesem puppenhaften Gesicht nicht den geringsten Ausdruck zu verleihen imstand war, nicht einmal einen besonders bösartigen oder lasterhaften. Ohne zu antworten, ging ich weiter, aber meine Gedanken konnten nicht von ihr loskommen. Was für Männer mögen ihr wohl folgen? Dieses Nichts hatte ja nicht einmal die Anziehungskraft des Schmutzes, der Gemeinheit. Was für eine Sinnlosigkeit einem das anzubieten! Auf welche Art sollte wohl jemand dazu kommen, sich mit ihr zu befassen? Aus Zufall musste sie Dirne geworden sein, ohne Abscheu, ohne Neigung, so wie die meisten Menschen ihren Beruf wählen, eine Spiessbürgerin der Halbwelt, ein Leib, der mechanisch als Weib funktionierte.

„Das ist ja der Tod," dachte ich, und unwillkürlich beschleunigte ich den Schritt, um nach Hause zukommen. Das Wesen war verschwunden oder mir schien vielmehr, es habe sich in die Luft aufgelöst und erfülle nun alle Strassen, liege über den Häusern, über den Bäumen, über den paar Menschen, die mir in der ersten Morgendämmerung begegneten. Die Pariser Strassen, deren selbstverständliche, einfache Eleganz ich sonst so gern hatte, kamen mir plötzlich so gleichgültig, so dumm vor. Die Menschen, die mir begegneten, schienen geradezu sinnlos: alle blass und übermüdet; weshalb? für ein Vergnügen etwa? So sahen sie gar nicht aus. Sie gehen nun einmal erst morgens zu Bett, haben Maitressen, die sie nicht lieben, und bezahlen für alles mehr, als es wert ist, werden krank, wahnsinnig, verarmen. Warum? Keiner weiss es, sie selbst wissen es am wenigsten. Viele Dirnen huschten trübselig an mir vorbei. Sie waren übernächtig, blickten sich kaum um. Da fiel mir wieder die erste ein, die mich angesprochen hatte. Sie war die verkörperte Zwecklosigkeit, die Blödsinnigkeit dieses ganzen dummen Stadtlebens. Ich war wenigstens müde und freute mich auf den Schlaf. So kam ich vor mein Haus. Im Augenblick, wo ich die Haustür zuwerfen wollte, schlüpfte jemand hinter mir herein.

„Inkubus," murmelte eine Stimme. Von diesem Augenblick an fühlte ich mich nicht mehr selbsthandelnd. Ich wurde von aussen gedrängt. Eine Lähmung, wie sie uns im Traum überkommt, hinderte mich, den Eindringling hinauszuweisen oder dem Hausmeister zu rufen. Von rückwärts wurde ich die Treppe hinaufgeschoben, bis ich vor der Tür meines Arbeitszimmers stand. Wie jede Nacht zündete ich mechanisch die Lampe an. Dann sank ich erschöpft auf die Chaiselongue. Das Wesen setzte sich mir gegenüber. Ich erkannte dieselbe Dirne, die mir zuerst auf der Strasse den Weg versperrt hatte. Das sinnlose Elend, das sich mir draussen über die Nerven gelegt, war in mein Zimmer getreten.

Sie suchte mich mit vielen Gründen zu überzeugen, dass sie dableiben und ich ihr ein gutes Geschenk machen müsse. Ich weiss nicht, ob ich überhaupt antwortete. Sie schalt, nicht sehr erregt, meine niedrige Gesinnungsweise und suchte dann wieder durch alberne Schmeichelworte meine Geneigtheit.

„. . . stelle dich nicht wie ein Kind," sagte sie, „das weisst du doch, alle Menschen müssen solche Beziehungen zum Tod unterhalten. Der Willenlose hat dort einen gewalttätigen Herrn, der Ehrgeizige neidische Nebenbuhler, der Egoist bösartige Kinder. Du sollst nur eine Geliebte haben, die du mit deinem Blute wärmen musst. Jeder nach seinem Temperament oder nach seinen Sünden, wenn ich mich ein wenig altmodisch ausdrücken darf. Denke doch an die Freunde, mit denen du den Abend verbracht hast. Glaubst du, dass sie keinen ungeladenen Gast daheim finden, der von ihnen Rechenschaft, Versprechungen, Verzichtleistungen weiss der Teufel, was verlangt. Dich hat man bisher unbegreiflicherweise vergessen. Nun komme ich, die Steuer an inneren Leiden zu fordern, die du dem Tod dafür schuldest, dass er dich noch leben lässt. Um dich nicht zu erschrecken, näherte ich mich dir draussen. Du siehst, wie ich dir die Pille versüsse. Du hättest mich, wenn ich gewollt, ebensogut auf deinem Bette sitzend finden können. Denke dir einmal, wie du da überrascht gewesen wärest." Sie lachte heiser. „Du siehst, ich bin ganz bequem zu ertragen; auch Eifersucht ist mir fremd. Weisst du, eigentlich bist du noch ein Kind, da du heute zum erstenmal bewusst solch einen Besuch empfängst. Morgen wirst du kein Kind mehr sein; gib nur acht, wie anders, wie viel verwandter dir morgen die Menschen vorkommen werden. Die Hälfte deines Hochmuts wird verschwunden sein. Und sie werden dir mehr trauen, denn bisher haben sie gefühlt, dass du nichts vom Tod wusstest. Ist es nicht so? Das wird sich nun ändern. Nun hast du wenigstens etwas mit ihnen gemein." Sie schaute im Zimmer umher. „Übrigens, ohne dass du sie erkanntest, müssen doch schon viele Boten des Todes gleich mir hier durchgekommen sein, um diesen durchdringenden Leichengeruch hervorzurufen."

„Keine, verfluchtes Tier!" schrie ich ihr entgegen. „Du bist die erste, die diese Räume besudelt."

Aber die blecherne Stimme klirrte unaufhaltsam weiter. Meine einzige Hoffnung war, dass alles nur ein Traum sei.

„Deine Verbrechen sind ja eigentlich ziemlich harmlos, ich brauche sie dir wohl nicht erst zu nennen . . . Kindereien! Dafür bleiben dir auch die viel schrecklicheren Besuche erspart, die nachts den duckmäuserischen Bürger, den satten Berufs- und Geldmenschen quälen. Was die nachts erleben, das werde ich dir gelegentlich einmal erzählen. Überhaupt, weisst du, wir können ganz behaglich zusammen plaudern. Deinesgleichen ist wirklich die amüsanteste Art zugefallen, mit dem Tod in Beziehung zu treten. Übrigens noch eins, dass ich es nicht vergesse: du brauchst deshalb noch lange nicht zu sterben, mein Besuch hat damit nicht das geringste zu tun. Ich bringe nur die Botschaft, dass die allererste, gedankenlose Jugend für dich verrauscht ist."

Ihre Stimme war allmählich ein wenig wärmer geworden. Sie schien Mitleid mit mir zu haben.

„. . . Hast du immer noch Angst vor mir? Weisst du denn, wer die andern waren, von denen du nicht das geringste wusstest, die du einst um Mitternacht in dein Haus brachtest und neben dich legtest, wie eine gute alte Geliebte? Wusstest du vielleicht, woher die kamen und wohin sie gingen? Wusstest du, welcher Sarg tagsüber ihre Wohnung war, ehe sie zu dir kamen und nachdem sie dich verliessen? Bist du ihnen morgens je einmal gefolgt? Nichts wusstest du von ihnen, und doch hattest du keine Furcht. Und nun erschrickst du vor mir? Was bin ich denn anders, als jene? Weisst du weniger Gutes oder mehr Böses von mir?"

„Ich sage dir, dass noch keine diese Schwelle betrat."

Sie brach in ein furchtbares, gar nicht einmal sehr lautes hölzernes Lachen aus.

„Du bist ein Kasuist, mein Freund, du weisst wohl, dass ich nicht von Fleisch und Blut rede . . . denke doch bitte einmal an deine Phantasien, an deine geheimsten Gedanken; wie Spinnweben hängen die hier an allen Möbeln herum. Es ist lächerlich, mir etwas vorlügen zu wollen. Ich weiss, mit wem du dich schlafen legst, mit wem du dich ganze Nachmittage hier unterhältst. Willst du dir etwa das Vergnügen machen, dich von mir wie ein Knabe verführen zu lassen? Dazu bist du zu alt und ich zu klug. Ich denke, wir machen das lieber wie gute alte Freunde, ohne uns gegenseitig etwas vorzulügen."

Ich sah wie sie aufstand und Holz in den Kamin legte, als ob es ihr eigener Herd wäre. Am Feuer entkleidete sie sich und warf ihre zerschlissenen Kleider an den Boden. Ich schloss die Augen, als ich den schwammigen schlaffen Körper sah. Dann muss ich wohl eingeschlafen sein.

Als ich aufwachte, schien der blasse Wintermorgen in mein Zimmer. Ich war überrascht, mich im Anzug auf der Chaiselongue meines Arbeitszimmers zu befinden. Die umherliegenden schmutzigen Frauenkleider riefen mir plötzlich das Geschehnis der Nacht in die Erinnerung zurück. Ich sprang auf und eilte nach der Tür des anstossenden Schlafzimmers. Da lag das fette, aschfahle Weib in meinem Bett. Ein nackter Arm hing wie tot auf den Boden herab, der geöffnete Mund röchelte. Eine unaussprechliche Wut wallte in mir auf. Ich zerrte sie aus dem Schlummer. Schlaftrunken rief sie mir ein Wort der Strasse zu und brummte, weil ich sie schon weckte.

„Hinaus . . . fort . . ." schrie ich.

Halb erzürnt, halb erstaunt kleidete sie sich in träger Bosheit an, indem sie meinem Drängen fortwährend mit groben, gereizten Ausdrücken antwortete. Es ward mir fast wohl, als ich sie so schimpfen hörte; das war doch wenigstens begreiflich: ich riss sie aus dem Schlaf und sie schimpfte; gut, das liess man sich gefallen, das war logisch; aber sonst, das andere war ja ganz unfassbar, dass sie hier war, in meinem Bett lag.

Schliesslich wollte ich sie zur Tür hinausschieben; aber da hätte man sehen sollen: im Tiefinnersten verletzt und geradezu entseelt vor versteinerndem Staunen, rief sie aus:

„Und die zwanzig Francs . . . wie? . . . Hast du mir nicht versprochen? . . . du Schmutzkerl . . . glaubst du vielleicht, dass mir deine Nase so gut gefallen hat . . .?"

Kaum hatte sie das Geldstück in der Hand, als sie schmeichelnd einlenkte: „Sei nicht böse, mein Wölfchen, ich wusste ja nicht . . ."

Sie ging. Halb ohnmächtig fiel ich nieder.

Ich besann mich, wo und in welcher Zeit ich mich eigentlich befand.

Ich trat vor den grossen Spiegel über dem Kamin; das ganze Zimmer spiegelte sich darin, aber ich sah mich nicht. Ich klopfte an das Glas, ich betastete meinen Kopf, meine Glieder, sie fühlten sich an wie sonst. Aber ihr sinnlicher Schein war fort.

„Das Frauenzimmer hat ihn mitgenommen, sie hat mich gestohlen," rief ich aus, „das ist ja zum Tollwerden. In was für Löchern mag die mich nun herumschleppen!"

Plötzlich wurde ich ruhiger, denn mir fiel ein, dass dieser Spiegel noch aus dem Jahr 189* war, seitdem doch schon viele Jahre vergangen sein mussten. Was hatte ich indessen alles erlebt! Kein Wunder, dass ich mich nicht darin sah. Doch da kam ein neuer quälender Gedanke. Ich kannte ja niemand in der neuen Zeit. Plötzlich fiel mir der Graf von Saint-Germain ein, der lebte ja in allen Zeiten zugleich. Der war überhaupt an allem schuld. Er hatte übrigens gesagt, ich sollte ihn besuchen. Vom Fenster aus pfiff ich einem Kutscher, um zu dem Grafen zu fahren. Ich eilte die Treppe hinunter.

Ich fuhr und fuhr, unaufhaltsam, Tage, Wochen, Jahre.

Im bois de Boulogne stieg ich aus. Als ob es so sein müsste, ging ich nach einer Bank, auf der ich früher oft in stillen Stunden geruht, die bisweilen mein unruhiges Dasein kurz unterbrachen. Eine sanfte Wintersonne schien durch das kahle Gehölz. Ich weiss nicht, wie lange ich träumend da gesessen habe. Über den nächtlichen Besuch hatte ich mich langsam beruhigt. Es war ja erklärlich, dass ich dieses Wesen im Haschischrausch eingelassen hatte. Aber ich empfand einen heftigen Unwillen bei dem Gedanken, meine Wohnung wieder betreten zu müssen. Es war dort etwas, womit ich durchaus nichts mehr zu tun haben wollte. In dieser Nacht waren mir sonderbare Erkenntnisse gekommen. Wo sollte ich nun hin? Fort von Paris, am liebsten fort aus Europa in irgendeine Farm auf jungfräulichem Boden. Dann fand ich es merkwürdig, dass ich gerade ich so etwas empfand. Fast war mir, als wäre das alles gar kein Rausch gewesen; die körperlose Geliebte, die kein Weib ist, sondern der Vorwand unserer Träume das Bachanal der wütendsten Selbstvernichtung die Umarmung des Todes das lüsterne Betasten und Belauern des Heiligen hatte ich das wirklich nur geträumt? Irgendwo hatte ich ähnliches selbst erlebt, selbst getan. Wo aber? Wann geschah es? Ich fühlte, dass ich darüber noch lange nachzudenken hätte. Eines nur war mir gewiss: Ich war von einer schrecklichen Krankheit genesen, die mich schon dem Tod hatte ins Gesicht schauen lassen. Was aber nun mit der neuen Gesundheit beginnen?

## DER SCHMUGGLERSTEIG

### EINE VORMÄRZLICHE BEGEBENHEIT AUS DEN PRIVATEN AUFZEICHNUNGEN EINES JOURNALISTEN.

EIN halbes Jahrhundert habe ich über mich selbst geschwiegen, ich war ein Sprachrohr der andern. Heute bin ich fünfundsiebzig Jahre alt. Es ist daher höchste Zeit, ein Erlebnis zu berichten, wenn es überhaupt noch berichtet werden soll.

Zweimal bin ich um die Welt gereist, dreimal habe ich die Mitternachtssonne gesehen, in Amerika war ich viermal auf Segelschiffen, sechzehnmal auf Dampfern, die Eisenbahnen haben mich umsonst vom Kap Finisterre bis zum Gelben Meere gebracht, mit zwei Kaisern, elf Königen, vier Häuptlingen, einem Hetman, einem Begler-Beg, einem Gross-Chan und 214 Ministern habe ich gespeist, der Bey von Tunis hat mir seinen Sonnenorden verliehen, aber mein Souverän erlaubte mir nicht, ihn zu tragen, denn mit seinen Sternen und Bändern bedeckt er mehr als dreiviertel einer mittelgrossen Personnage, bezaubert daher Unwissende stärker als der Schwarze Adlerorden, und das ist nicht gut; Heinrich Heine hat mir persönlich göttliche Grobheiten gesagt, Fanny Elsler hätte mich fast geliebt, Napoleon III. hörte mit gnädigem Lächeln meine Finanzpläne zur Rettung Frankreichs an; bei 113 Hinrichtungen war ich Zeuge (die letzte war eine elektrische); mehr als 200 erwerbsbedürftigen Müttern habe ich die Doppelköpfigkeit, unmässige Behaarung oder die wissenschaftliche Bedeutung ihrer Missgeburten öffentlich bezeugt; ich habe betrunkene Könige, ehrliche Dirnen und bescheidene Tenöre gekannt, in Louisiana sollte ich skalpiert, in Tibet geschunden werden, aber mein gewandtes Auftreten rettete mich; ich kann keine Sprache ganz, sechsunddreissig dreiviertel oder halb, in allen habe ich eine vortreffliche Aussprache. Mit einem Wort, ich gleiche dem nordischen Gotte Heimdall, der von neun Müttern geboren war (also neunfachen Mutterwitz haben musste), weniger Schlaf brauchte als ein Vogel, bei Nacht hundert Meilen weit sah wie bei Tag, und das Gras auf der Erde, die Wolle auf den Schafen wachsen hörte.

Aber von alledem will ich heute nichts erzählen, ihr Damen der Provinz, die ihr mich für einen interessanten Mann haltet. Ich will vielmehr berichten, was mir in der letzten Nacht begegnete, ehe dieses bewegte halbe Jahrhundert begann, und schlage darum die holzpapiernen Blätter meines Lebensbuches zurück.

Ich besass die kümmerliche Monatsrente von fünfzig Gulden (später gab es Monate, in denen ich bei Gott 5000 anzubringen verstand). Dies und ein unheilvolles Rumoren in meinem Kopf bestimmten mich zum Dichter. Wie es sich für diesen Beruf geziemt, bewohnte ich eine Dachkammer mit Aussicht auf einen altertümlichen Hof und zahllose Giebeldächer, auf denen im Mondschein Katzen und Kater tanzten, während in den dunklen Ecken des morschen Baus die Mädchen des Hauses verfängliche Gespräche mit ihren Liebsten hielten. Die Mondstrahlen aber waren wie Saiten in den Rahmen meines Fensters gespannt und mein überquellendes Herz harfte seine Sehnsucht gen Himmel. Bisweilen besuchte mich ein Mädchen. Es war nicht schön (die Geliebten der Dichter sind nie schön, denn wessen Einbildungskraft aus blondem Haar goldene Kronen schmiedet, muss so viel Wirklichkeit übersehen, dass es auf ein paar Extrahässlichkeiten, wie etwa Struppigkeit, nicht ankommt, und wer den Sprung von Augen zu Sternen macht, braucht nicht viel weiter zu springen, ob die Augen schielen oder nicht). Ach, Manolitha, die Marie hiess, hatte etwas struppiges Haar, ohne dass ich es merkte, und ihre Augen schielten ein wenig. Aber auch sie war ein Weib, ihre körperlichen Merkmale waren feminini generis, wie bei Venus und Maria. Meine Phantasie besass an ihr ein Sprungbrett in das

Mysterium der stets streitenden und stets sich ergänzenden Hälften der Welt, des ewig Männlichen und des ewig Weiblichen. Dazu genügte Manolitha, wie meine Dachkammer für meine Poesie. Das arme Kind wusste nicht wie ihm geschah. Sie musste wohl meinen: So sind die Männer.

Die Stadt, in der ich wohnte, lag unweit der Grenze. Die über einem See aufsteigende Felsenstrasse im letzten Haus diente Manolitha führte in das Nachbarland. In einer Mondnacht mir ist, als wären in jener Zeit alle Nächte Mondnächte gewesen hatte ich Manolitha an ihre Türe gebracht. Ich stand allein, hoch über dem See. Fern glitzerten die Lichter der Stadt. Längs der Strasse zog sich die Felswand hin, zerklüftet und oft von lärmenden Giessbächen zerrissen. Auf dem fast taghell beschienenen See irrten formlose dunkle Wolkenschatten. Hie und da schwamm ein Fischerboot auf der Fläche, dessen Insasse bei einer Laterne sein schweigsames Gewerbe trieb. Auf meinen Lippen brannten noch die Küsse der Geliebten, die mir jetzt in der Erinnerung wirklich ein wenig zu dürftig vorkommt. (Bei Heimdall, dem Journalistengott, später habe ich wahrhaftig andere Frauen geliebt!) Ich eilte vorwärts auf der Felsenstrasse, vorwärts in die Ferne, nach Süden, in dumpfem Drang, aus den silbernen Armen dieser Jugendnacht, den Gedanken, das Wort zu empfangen, das mich unsterblich machen sollte. Halb trunken wanderte ich immer weiter. Nach kurzer Zeit bog die Felsenstrasse rechts ab in das Geklüft. Nur ein kaum fussbreiter Weg war in die Wand gehauen, die über dem See emporragte: der Schmugglersteig. Mir war, als stünde ich vor einer wichtigen Entscheidung meines Lebens. Rechts ging es in die felsumschlossene Fichtennacht der geheimnisvollen Wasserfälle, links führte der halsbrecherische Steig im Mondlicht hoch über der unten ausgedehnten Flut. Ihn beschloss ich zu gehen, und wie auf dünnem Seil glaubte ich frei ins Licht zu wandeln, während ich, der Gefahr spottend, über dem Abgrund mühselig einherkroch. Der Gedanke belustigte mich, es könnte mir ein hochbepackter Schmuggler auf dem engen Pfad entgegenkommen und ich war neugierig, was sich dann ereignen würde. Einer hätte umkehren oder in die Tiefe stürzen müssen. Es kam mir vor, als ziehe sich der Pfad unendlich in die Länge. Da ich infolge der Krümmungen den Ausgangspunkt längst nicht mehr sah und hinter jeder Felsennase, die sich vor mir breit machte, irgendein Ziel erhoffte, ging ich weiter mit jener fast unheimlichen Pedanterie, die uns oft vorwärts zwingt, damit wir nur nicht auf denselben Weg zurück müssen, und ginge es in den Tod. Körperlicher Anstrengungen ungewohnt, fühlte ich bald eine kaum noch erträgliche Müdigkeit, die Hände schmerzten bei jeder Berührung mit dem Felsen, ich fühlte meine Selbstbeherrschung nachlassen, ein Zittern in den Unterschenkeln kündete einen nahenden Schwindelanfall an. Fast weiss lag der See unter mir, ein unwahrscheinliches künstliches Licht durchzitterte die Luft . . . . . . Des folgenden Zeitabschnitts vermag ich mich durchaus nicht mehr zu entsinnen. Bin ich in die Tiefe gestürzt und unter der Flut in ein Feenreich geraten, wo man als Maskerade zum Spass unsere Welt nachahmt, und befinde ich mich heute noch bei diesem Mummenschanz? Oder bin ich mit übernatürlicher Anspannung meiner Kräfte weitergegangen, so dass für die Tätigkeit des Bewusstseins nichts mehr übrig blieb? Kurz, ich fühle meine Erinnerungen an dieser Stelle wie in zwei Leben zerbrochen, eine Leere, ein Loch trennt diesseits und jenseits. Ich stelle mir vor, dass viele Menschen so eine Lücke in ihrem Dasein haben, die sie vergeblich auszufüllen suchen. Entweder nehmen sie diesen Mangel ernst, lassen in Gedanken nicht davon ab und werden verrückt, oder sie betäuben sich, wie ich mit Arbeit, Vergnügen und ähnlichen narkotischen Mitteln, dass heisst, sie machen einen Umweg um ihr eigenes Leben.

Meine Erinnerung beginnt wieder bei folgender Situation: ich sitze in einem allseitig geschlossenen Raum am Boden, mit Fellen und Tüchern bedeckt, vor mir brennt ein Reisigfeuer, das seinen Schein auf einen Kreis wildbärtiger Männer wirft. An ihren Gürteln sehe ich reich besetzte Dolche funkeln, ihre rauhen, ungepflegten Glieder sind halb in Lumpen, halb in köstliche, orientalische Decken gehüllt, Offenbar sind es Schmuggler. Als ich den Blick aufwärts wendete, sah ich den gestirnten Himmel über mir. Wir befanden uns in einer dachlosen Stube, deren Wände Felsen bildeten. In den Ecken schienen dunkle Stollen in den viereckigen Raum zu münden. Vor jedem, auch vor mir, waren kostbare, aber teils zerbrochene Teller und Gläser aufgestellt mit Speisen und Getränken, die appetitlicher aussahen, als der Ort erhoffen liess. Man hatte offenbar auf mein Erwachen gewartet, um mit der Mahlzeit zu beginnen. Ich war sehr hungrig und griff zu. Man ermunterte mich besonders zum Trinken, war überhaupt sehr höflich und zuvorkommend. Ein altes Weib, das nicht anders als „Skelett" angeredet wurde, bediente uns mit dem, was es selbst gekocht zu haben schien. Ich hätte allzu gerne gewusst, wie ich hierher gekommen und wer diese Menschen waren, aber ich fürchtete, mir eine Blösse zu geben, wenn ich fragte. (Um übrigens keinen unberechtigten Hoffnungen im Leser Raum zu geben, bemerke ich gleich, dass ich es niemals erfahren habe.) Ich suchte meine lange Geistesabwesenheit nach Kräften zu verheimlichen. Nachdem wir gespiest, und ich mich, ohne betrunken zu sein, in jener gehobenen Nachtischstimmung befand, schlugen meine Wirte vor, mir ihre Wohnung zu zeigen, in der, wie sie sagten, von den Schätzen der Erde das Beste und Kurioseste aufgestapelt sei. Wir traten mit Fackeln in einen der Stollen, dessen beide Wände von eisernen Türen durchbrochen waren.

„Wir können Ihnen unmöglich alles zeigen," sagte einer, „aber Sie werden sich immerhin einen Begriff von unsern Sammlungen machen können."

Man öffnete die erste Pforte. Ich will nicht mit der Beschreibung der kostbaren und seltsamen Dinge in den Felsenkammern ermüden. Die Aufsätze, die ich in den folgenden fünfzig Jahren aus allen Teilen der Welt an die \*\*\* Zeitung schickte, geben deutliches Zeugnis davon. Nur kurz einiges allgemeine: ich sah die abendliche Pracht der Wüste, das starre Trandasein der Eskimos, ich sah Bayreuth mit den wieder lebendig gewordenen nordischen Göttern, um die sich der Reichtum beider Welten schart. (Ich muss bemerken, dass dies in den vierziger Jahren geschah, als noch kein Mensch an Bayreuth dachte). Ich sah die Schlachtfelder des Deutsch-Französischen Kriegs, aber ich entdeckte noch mehr: leibhaftige Gedanken, die in zeitweiligen oder lebenslänglichen Ruhestand versetzt, auf köstlichen Polstern lagen, menschheitbeglückende und weltzerstörende Ideen; kommunistische Systeme sassen liebenswert um Teetische, Revolutionen wälzten sich knurrend an der Kette; Dichterträume gingen in fabelhafter Nacktheit ich muss gestehen etwas dreist zwischen anständig, wenn auch dürftig gekleideten bureaukratischen Schrullen umher; Hoffnungen, die stets in der Hoffnung waren, schrien nach Wöchnerinnen, die man ihnen versagte; einige neue Laster machten sich von weitem angenehm bemerkbar, rochen aber in der Nähe schlecht, weshalb ich nicht dazukam, mir ihre Gestalt ordentlich einzuprägen. Lues, eine Schöne, grämte sich, weil man sie nicht zu den assyrischen Lasterkönigen liess, aber das Schicksal, vor dem die Schmuggler ungeheuren Respekt zu haben schienen, wollte es nicht so, wie man mir versicherte. Auch fixe Ideen drängten unverschämt heran. Nur diesen gegenüber musste ich mich unhöflicher Worte, einer, die einen Lorbeerkranz trug, sogar meiner Fäuste bedienen, sonst benahmen sich selbst die Leidenschaften und die Todsünden recht gut, wenn auch etwas verlegen, wie derbe Leute, die sich einmal in den Zwang eines Salons fügen, um sich später anderwärts schadlos zu halten.

Man kann sich denken, mit welchem Staunen ich zwischen all' diesen Kuriositäten umherging, aber meine Verwunderung wuchs, als mich einer meiner Begleiter, geschmeichelt durch das Gefallen, das ich an den Sammlungen fand, höflich aufforderte, ich solle mir von dem Gesehenen einiges aussuchen, was mir besonders gefiele. Da liess ich denn die Blicke unentschlossen umherschweifen. Wieder drängten sich die fixen Ideen ungezogen heran. Aber ich brach mir Bahn nach einem halb offenstehenden rotschimmernden Gemach, in dem obwohl es gar nicht gross war fünfhundert (so sagte man mir) wundervolle, nackte Frauen lagerten, die still vor sich hin lächelten, als wollten sie sagen: wir brauchen uns nicht vorzudrängen, man kommt zu uns. Ich war von dem weissen Schimmer der Leiber geblendet; solche Formen hatte ich bisher nur in Gips gesehen, ich meinte, die wirklichen Frauen seien nun einmal immer hässlich, aber wer ein rechter Dichter sei, der setze sich darüber hinweg. Die Schmuggler freuten sich offenbar an meiner Verwirrung, in die mich besonders die zunächst liegende durch ihre brennenden Blicke versetzte.

„Die will ich haben . . . alle 500," rief ich gierig und wurde gleich sehr verlegen.

Nichts sei leichter als das, antwortete man mir vergnügt, ich solle noch einmal wählen. Man öffnete vor mir eine andere Tür, durch die ein heftiges gelbes Licht herausfiel, das mir in den Augen weh tat. Als ich mich daran gewöhnt hatte, sah ich, dass Wände, Boden und Decke des geöffneten Gemaches mit geprägten Goldstücken gepflastert waren. Ich wollte weiter gehen.

„Es ist rund eine Million," sagte man mir.

„So?" erwiderte ich gleichgültig und blickte bald lüstern zurück in das Gemach zu den 500 Frauen, bald schweifte mein Blick suchend über den andern Kostbarkeiten umher.

„Es ist eine Million," wiederholte der Schmuggler erstaunt, „wollen Sie die nicht . . .?"

„Ach nein, geben Sie mir lieber die Wüste mit den Kamelen und Oasen oder sonst etwas Romantisches . . ."

„Sie sind ein Narr, mein Herr. Erst lassen Sie sich 500 Weiber schenken und nun verschmähen Sie das lumpige Milliönchen. Was wollen Sie denn ohne Geld mit Ihren Weibern anfangen? Glauben Sie, die werden Ihnen Ruhe lassen? Dieses Volk will beschenkt sein mit Schmuck und Kleidern . . ." „Aber nackt gefallen sie mir viel besser."

„Das ist den Weibern gleich; wenn Sie ihnen nichts geben, werden sie sich schon von andern etwas schenken lassen."

Ich erschrak sehr bei diesen Worten und liess mir nun ruhig die Million versprechen. Die Schmuggler waren sehr zufrieden und sagten, nun dürfe ich noch ein letztes Mal wählen. Dieses Mal wolle man mich nicht beeinflussen, aber sie müssten mir doch vorher noch etwas zeigen, was mir gewiss ganz besonders gefallen würde. Sie schoben eine Tapetentür auf, die sich ohne Schlüssel öffnen liess, während alle andern Pforten von Eisen waren und schwere Schlösser hatten. Dafür war diese Tür so kunstvoll verborgen, dass sie nur ein Eingeweihter finden konnte. Wir traten in ein Zimmer, in dem offenbar niemals aufgeräumt wurde. Ein Haufe Metaphern, Anaphern, Symbole, Allegorien, geprägte Redensarten, Zitate, Sprichwörter, in Fäulnis übergegangene Witze lagen wie Kraut und Rüben durcheinander. An den Mauern hingen ohne Ordnung poetische Bilder und Vergleiche in festen Rahmen, Tropen und Metonymien blickten verwirrend dazwischen hervor. Um die vier Wände des Zimmers ging nahe der Decke ein Wandbrett, auf dem zwischen Windöfchen, Kolben, Retorten und anderen Apparaten der Schwarzkunst hohe Gläser voll Flüssigkeit standen; darin lagen, wie Tiere in Spiritus, Gedanken, ganz gute Gedanken, die sich im Zustand langsamer Auflösung befanden, manche waren noch deutlich erkennbar und hatten die umgebende Flüssigkeit nur leise gefärbt, andere waren bereits formlos, gallertartig geworden, während die Flüssigkeit immer trüber schien; in einzelnen Gläsern befand sich nichts als ein formloser, missfarbiger Brei.

Auf meine Frage, was diese Gedankenverdünnung bedeute, wollten mir die Schmuggler keine rechte Auskunft geben; ich würde das schon eines Tages begreifen; wenn nicht, so wäre mir nur um so wohler. Ich muss gestehen, dass mir das verdächtig vorkam. Ich wurde unwillkürlich an die Wirtshausküche erinnert, wo aus ein paar Pfund Fleisch soviel Brühe gewonnen werden kann, als Wasser da ist. Es wurden hier offenbar Fälschungen vorgenommen. Und woher bezogen die Leute die zur Verdünnung benutzten Gedanken? Ich schwur mir, ihnen beileibe keine von meinen Versen vorzulegen, was mir sonst gar leicht passieren konnte. Vielleicht würden sie daraus eine Wassersuppe kochen. Indessen schweiften meine Blicke wieder über die Merkwürdigkeiten am Boden und an den Wänden; mein Herz ging auf, als ich darunter zwischen vielem Unrat reine Dichterworte, tiefsinnige Symbole, erhabene Weisheitssprüche hervorschimmern sah.

„Wer dahinein Ordnung brächte!" rief ich begeistert aus, „würde das Zeug zu der wundervollsten Dichtung finden, schenken Sie mir das Gerümpel, mich soll die Mühe nicht verdriessen!"

Die Schmuggler erklärten sich gerne bereit.

Indessen waren wir wieder hungrig geworden. Wir speisten zusammen in dem Felsenviereck. Bei Tisch erfuhr ich bemerkenswerte Einzelheiten über das Dasein dieser Menschen. Sie lebten vom Tauschhandel. Klein hatten sie angefangen; einige ihrer Kostbarkeiten wollten sie am Weg gefunden haben. Sie vermehrten ihren Besitz durch vorteilhafte Tauschgeschäfte. Ich gewann immer mehr den Eindruck, als ob das alles nicht immer redlich zuginge.

„Sie werden uns doch auch etwas als Entgelt für unsere Gaben zurücklassen?" fragte man mich.

Ich erschrak, denn ich hatte nichts bei mir als eine recht miserable deutsche Dichterzigarre.

„Beunruhigen Sie sich nicht; Sie lassen uns drei Ihrer Träume ab und wir sind zufrieden."

„Träume?" rief ich aufatmend, „davon habe ich genug; wenn Sie ein Mittel wissen, mich schmerzlos von einigen zu befreien . . ."

Wir kamen dann auf andere Gesprächsthemen, auf Politik, auf die damals herrschende Unzufriedenheit der Völker mit ihren Herrschern. Die Schmuggler taten so, als hätten sie dabei irgendwie die Hand im Spiel.

„Nein, nein," rief einer aus, „die echte Revolution geben wir so bald nicht wieder her. Wir haben sie nur mühsam zurückbekommen gegen die Heuchelei, die doch sonst so hoch im Preise stand. Aus Frankreich erhalten wir fast täglich Briefe, wir möchten sie wieder hergeben, sie wollen uns dafür die Glorie Bonapartes ungeschmälert ausliefern. Aber wir tun es nicht. Sie bekommen höchstens ein paar Barrikadenkämpfe." (Ich bemerke, dass das Jahr 48 vor der Tür stand.)

Ein über alle Massen widerliches, trockenes Lachen tönte aus der Ecke. Es war ein Heiterkeitsausbruch des Skeletts.

„Grossmäuler Ihr," rief die Alte, „Ihr müsst sie ja doch hergeben, wenn die Dame Schicksal kommt und es verlangt. Hi . . . hi . . . Gut, dass die Euch ein wenig überwacht, sonst würdet Ihr die ganze Welt auf den Kopf stellen. Hi . . . hi . . ."

Der Schmuggler, der vorher gesprochen hatte, fasste schweigend die Alte an einem Strick, den sie stets um den linken Knöchel trug und hängte sie damit, den Kopf nach unten, an einen Nagel, der hoch aus der Felswand ragte. Sie wimmerte ein wenig, schien aber an diese wohlverdiente Züchtigungsart gewohnt. Die 500 Frauen, zu denen die Pforte noch offen stand, jauchzten, die zunächst liegende sagte mit etwas fremdländischem Akzent, sie würde sich so etwas nicht bieten lassen. Mit ihr hätte es aber wohl kaum einer versucht. Sie hatte königliche Formen.

Meine üble Meinung von diesen Leuten bestätigte sich immer mehr. Sie schienen Kenner der Echtheit zu sein, in deren Besitz sie sich zu setzen wussten, um sie zu entwürdigen. Natürlich machten sie glänzende Geschäfte, wenn sie die grosse Revolution in zahllose Barrikadenkämpfe verzettelten, die sie einzeln feilboten. Ich konnte mir vorstellen, wie viel besonnene Gedanken und ehrwürdige Empfindungen sie sich für solche Nichtigkeiten bezahlen liessen, und es dämmerte mir, auf welchen unlauteren Kniffen das Geschäft dieser Menschen beruhte. Ein unheimlicher Gedanke stieg in mir auf: wenn sie noch eine Zeitlang so weiter wirtschafteten, würden sie schliesslich alles Wertvolle aus der Welt herausgezogen und ihre Scheinwerte und Verdünnungen hineingeschmuggelt haben. Mir graute vor der Feigheit, Heuchelei, Unwahrheit, Bedrückung, die dann zur Herrschaft kämen, während die Freiheit, die Schönheit, die Erkenntnis in Felsenkammern als Kuriositäten moderten oder alchimistisch entstellt würden. Es war nur gut, dass sie wenigstens vor dem Schicksal Angst hatten, vielleicht weil es das einzige auf der Welt ist, womit man nicht Handel treiben kann.

Man muss mir etwas Einschläferndes in das Getränk gegossen haben, denn nur mit Mühe bemerkte ich noch, wie das Skelett wieder abgehängt wurde, einen überkochenden Kessel aus einem Stollen holen und in die Mitte rücken musste und unter Höllenlärm der ganzen Schmugglerbande darin herumquirlte; man warf mir unerkennbare Gegenstände hinein, Flaschen wurden darüber ausgegossen; wenn der Kessel zu voll war, stellte man ihn einfach schräg, bis ein Teil der Flüssigkeit überlief, die sich wie kriechendes Gewürm lautlos und dick in die Stollen verteilte. Dann wurde weiter gepantscht. Zuletzt klebte die Alte auf einer Etikette das Datum des folgenden Tages an den Kessel, den mehrere Schmuggler verschlossen. Man schob ihn bis vor eine eiserne Tür. Durch den geöffneten Flügel sah ich nichts als den gestirnten Himmel. Ich merkte, dass wir uns sehr hoch befinden mussten. Der Kessel wurde bis auf die Schwelle geschoben, das Skelett gab ihm einen Tritt und nun rollte er auf einer Art Rutschbahn ins Tal. Die ganze Schmugglerbande heulte ihm die gröbsten Ausdrücke nach, spie hinunter und verunreinigte überhaupt die Rutschbahn aufs unflätigste.

„Er ist geplatzt," rief einer entzückt, und ich stellte mir lebhaft vor, wie dieses elende Gebräu die Welt am folgenden Morgen überschwemmen würde. Offenbar gab es jeden Tag solch eine Portion.

Nun schien der Zweck erreicht zu sein, man schloss die Tür. Ich aber tat als ob ich schlief, denn ich verhehlte mir nicht, dass ich in einen ungewöhnlichen Kreis geraten war, dessen Tun und Treiben ich weiter beobachten wollte. Bald aber geriet ich, wie sehr ich auch dagegen kämpfte, in Halbschlummer. Ich träumte lebhaft, doch ich wusste, dass es Träume waren.

Zuerst sah ich Manolitha, göttlich schön, wie sie in meiner Phantasie lebte, mit ihrer Krone goldener Haare und den Sternen im Antlitz. Ich wusste, dass es ein Traumbild war, aber ich freute mich daran; doch da kam einer der Schmuggler, suchte mit den Händen etwas über dem Haupte Manolithas, rollte behutsam das ganze Bild zusammen und reichte es der Alten, die es in einen der Stollen trug. An Stelle des Bildes sah ich eine merkwürdige Haustür mit grünen

Jalousien. Darüber hing eine transparent erleuchtete Hausnummer in der Grösse einer Fensterscheibe. Daneben stand zwischen zwei ordinären Amoretten auf einem Schild:

Nachtschelle für
Mlle Rose, Modes.

Ich war so keck, auf die Klingel zu drücken; da sah ich hinter den Jalousien zwei spähende Augen. Ein Spalt der Tür wurde geöffnet und ein recht anständig gekleidetes Mädchen mit etwas pockennarbigem Gesicht flüsterte:

„Sie sind doch empfohlen . . . durch Dr. M., nicht? . . . Sie wissen, nur auf Empfehlungen lassen wir . . ."

Ich nickte bloss und trat ein. Am Ende des Korridors sah ich wieder in das halboffene rote Gemach, in dem die 500 nackten Frauen lagerten, die nun mir gehörten. Aber die Tür flog gleich zu.

Das anständige Mädchen schob mich auf eine breite verschnörkelte Holztreppe, wie sie in alten Bürgerhäusern sind. Ich ging hinauf. Es roch nach samstäglicher Putzerei. Im vierten Stock war eine Glastür, vor der auf einem Schildchen mein Name stand. Ich öffnete mit meinem Hausschlüssel, der genau in das Schloss passte. Im Zimmer war ein Kaffeetisch gedeckt, beim Schein einer geblümten Petroleumlampe strikte Manolitha Socken. Hinter dem Tisch stand ein Ledersofa mit einem gehäkelten, kranzförmigen Pfühl; darüber hingen Familienporträts in ovalen Rahmen. Manolitha stand auf; sie nahm sich als Hausfrau ganz gut aus.

„Alter," sagte sie, „es ist gut, dass du kommst; schon dreimal war der Metzger mit der Rechnung . . ."

Ich wollte auf sie zugehen und ihr schlicht gescheiteltes Haar küssen, aber da kam wieder der Schmuggler, machte sich über Manolithas Kopf zu schaffen und rollte das ganze Traumbild auf, das die Alte wieder in den Stollen trug. Statt in dem altmodischen Zimmer mit dem Kaffeegeruch befand ich mich in einem kleinen Gemach voll orientalischer Teppiche am Boden und an den Wänden. Ein Diener erwartete mich mit Tee. Neben meiner Tasse lag ein Haufen eingelaufener Briefe und Telegramme, nach denen ich griff, während der Diener mir die Stiefel auszog. Im Nebenzimmer brannten zahllose Kerzen vor Spiegeln. In der Mitte war ein Tisch mit reichem Silber und Porzellan gedeckt, seltene Blumen dufteten in bunten Vasen. Der Diener bemerkte bescheiden, alles sei für das Diner angeordnet, wie ich es befohlen hätte. In diesem Augenblick schellte es; ich wurde ans Telephon gerufen.

Als ich aber die Hörmuschel ans Ohr legte, bemerkte ich, dass ich einen Guckkasten vor mir hatte. Ich sah darin ein wundervolles Bild. Tief im Abgrund wand sich ein Fluss zwischen südländisch üppig bewachsenen Ufern, an denen ein fast schwarzer Lorbeerhain zwischen hellerem Grün hervorstach. Aus diesem Hain erhob sich eine Gestalt, die immer höher schwebte, bis sie ganz dicht vor mir war. Ich erkannte Manolithas Züge, schön wie sie in mir lebten. Sie trug ein antikes Gewand. Gemessen schritt sie auf mich zu, hob ihre beiden Arme und wollte mir einen Lorbeerkranz auf die Schläfen drücken, aber zum dritten Male erschien der Schmuggler, rollte das Bild auf, gab es dem Skelett, das damit in dem Stollen verschwand. In dem Guckkasten aber gewahrte ich ein anderes Schauspiel. Ein Herr, der meinem Vater ähnlich sah, nur viel vornehmer erschien, sprach von einer Rednerbühne herab zu einer festlichen Versammlung. Man jubelte ihm zu, er schien seine Rede gerade beendet zu haben. Ich hörte noch, wie er die Worte sagte:

„Und für diese Broschüre, in der ich sein Land in den wahrsten und hellsten Farben zugleich geschildert, geruhten Seine Hoheit der Bey von Tunis mir seinen Sonnenorden zu verleihen. Mein Souverän Gott erhalte ihn konnte mir aus geheimen Gründen der Staatsräson das Tragen dieser Auszeichnung nicht gestatten, und so bin ich genötigt, diesen Beweis seiner Gunst dem hohen Bey auch ihn erhalte Gott zurückzusenden. Vorher aber kann ich mir die Genugtuung nicht versagen, Ihnen, verehrte Zuhörer, und wie ich mir wohl schmeicheln darf Freunde, dieses Kleinod zu zeigen!"

In diesen Worten öffnete der vornehme Mann eine Kiste, die ihm derselbe Diener brachte, der mich vorher mit Tee bedient und mir die Stiefel ausgezogen hatte, und entnahm daraus goldene Sterne und seidene Schleifen, die er der laut jubelnden Menge zeigte; ja er konnte sich nicht enthalten, sie einen Augenblick anzulegen.

In diesem Augenblick klingelte es wieder am Telephon. Jemand rief: „Schluss!" Ich hängte die Hörmuschel an, und als ich mich umsah, war es heller Morgen. Die Schmuggler sassen beim Mahl in ihrer Felsenstube.

Man wünschte mir einen guten Tag, das Skelett brachte einen ganz erträglichen Morgenkaffee an mein Lager. Ich erfuhr, dass die Schmuggler nach dem Frühstück an ihr Tagewerk zu gehen beabsichtigten, d. h. einige Streifzüge in der Umgegend machen wollten, weil heute der Fürst Metternich, auf einer Italienreise begriffen, durchkommen müsse und sie ihm einige freiheitliche Ideen aufschwindeln wollten. Sie hofften durch derartige Manipulationen die Revolution nicht hergeben zu brauchen. Man brach auf, und mir blieb nichts anderes übrig als mitzugehen. Die Schmuggler bemerkten meine enttäuschte Miene.

„Ach so, die Geschenke," sagte einer, „Sie müssen wissen, dass Sie das nicht alles auf einmal erhalten, es wird auf Ihr ganzes Leben verteilt werden. Aber Sie werden noch heute spüren, dass wir Wort halten."

Ich glaubte natürlich kein Wort und war überzeugt, dass man mich betrogen hatte.

Wir gingen durch einen endlos scheinenden Stollen, der uns schließlich an eine Stelle des Sees führte, wo zwischen Wasser und Felsen kein Pfad ging. Ein breites Warenboot, wie es die Schiffer benutzen, lag in einer kleinen natürlichen Bucht. Ich wurde eine halbe Stunde weit gerudert und dann an der mir bekannten Uferstrasse abgesetzt. Die Schmuggler hielten sich keine volle Minute auf, sondern fuhren mit unbegreiflicher Geschwindigkeit zurück.

Ohne im geringsten Klarheit über das Erlebnis zu finden, ging ich der Stadt zu. Von weitem sah ich Manolitha, die vom Markt kam, wo sie Fische gekauft hatte. Sie trug sie in einem Korb. Pfui! wie hässlich sie war, sie schien mir krankhaft mager, und wie mussten erst ihre Hände nach Fischen riechen! Glücklicherweise führte der Weg über eine Brücke, unter die ich leicht durch einen Graben neben der Strasse gelangen konnte. Dort verbarg ich mich, bis Manolitha vorbei war. Ich habe sie niemals wieder gesehen.

Als ich auf den Marktplatz der Stadt kam, fand ich vor dem vornehmsten Gasthaus ein grosses Gedränge, das von galonierten Bedienten zurückgehalten wurde. Ich glaubte unter denen, die aus dem Haus kamen, einen der Schmuggler zu gewahren, der sofort in der Menge verschwand. Auf meine Erkundigung erfuhr ich von meinem Nachbar, es sei eine hohe Persönlichkeit auf der Durchreise nach Italien angekommen, man wisse aber nicht wer, da die Personnage unerkannt bleiben wolle. Ich wusste sofort, dass es niemand anders als Fürst Metternich sein konnte. Mit einer mir sonst gar nicht eigenen Gewandtheit verstand ich mich durch den Garten von hinten ins Haus zu schleichen. Vor einer Tapetentür im ersten Stock blieb ich, der sonst eher schüchtern war, so ungeniert stehen, dass alle Vorübergehenden meinen mussten, ich gehörte dahin. Durch die Tür aber vernahm ich die Stimme des Fürsten im Gespräch mit dem Bürgermeister der Stadt. Ich verstand nur abgerissene Sätze. Vor allem wünschte er ganz unerkannt durchzureisen, da er leidend war, im übrigen sei er der Stadt sehr gewogen; er habe nichts einzuwenden gegen die Ernennung des beliebten X. zum Oberpostmeister, obgleich der Mann im Geruche des Liberalismus stehe; man solle überhaupt ihn (den Fürsten) doch ja nicht für einen Währwolf halten, er beabsichtige auch im Lauf der Jahre die Zensur und die Pressgesetze, selbst in den Grenzdistrikten, etwas milder zu handhaben etc. etc.

Als ich hörte, dass der Bürgermeister verabschiedet wurde, eilte ich fort, um nicht entdeckt zu werden. Mein Weg ging geradeaus auf die Redaktion der ersten Zeitung, wo ich meine ganze Wissenschaft verriet.

„Metternich hier?" rief der Redakteur, „wenn Sie sich nur nicht täuschen . . ."

„Aber Herr Redakteur," erwiderte ich, „was glauben Sie von mir, ich kenne Fürst Metternichs Stimme wie die meines Vaters."

Ich erschrak über diese mir selbst unbegreifliche Frechheit, denn ich hatte Metternich nie gesehen, noch früher je sprechen gehört.

„Nun, so schreiben Sie einmal alles auf, was Sie wissen," erwiderte der Redakteur, durch meine Sicherheit überzeugt. „Hier ist ein Pult, Tinte und Feder . . ."

Während ich schrieb, flossen mir ich wusste nicht wie Bilder und Sprachwendungen zu, die ich in dem Gemach der Schmuggler bemerkt hatte. In einer Viertelstunde waren zwei Spalten geschrieben in einem, wie ich selbst fand, äusserst brillanten Stil. Mit grossem Selbstbewusstsein überreichte ich dem Redakteur die Blätter, der sie überflog und erstaunt rief:

„Sie sind der geborene Journalist, junger Mann . . . Ihre Findigkeit ist nichts gegen Ihren Stil, und alles beides verschwindet wieder vor Ihrer Schnelligkeit. Seit wann sind Sie bei der Presse?"

„Das ist mein erster Versuch," erwiderte ich etwas schüchtern.

„Was waren Sie denn früher? Jeder Journalist war früher etwas anders."

„Dichter," sagte ich beschämt.

„Na, das haben Sie sich glücklich abgewöhnt. Ich habe Beschäftigung für Sie. Heute abend singt die Rubini die Cenerontola. Gehen Sie in die Oper und bringen Sie mir nachts noch die Kritik."

„Aber Herr Redakteur, ich bin ja ganz unmusikalisch."

„Unsinn," antwortete er grob, „solche Bedenken gewöhnen Sie sich nur ja ab, mit Ihrem Stil ist man musikalisch, agronomisch, geographisch, theosophisch . . . was verlangt wird . . . verstehen Sie? Ich sehe übrigens, dass Sie, um in die Oper zu gehen, Ihre Toilette etwas vervollständigen müssen. Hier haben Sie hundert Gulden Vorschuss und unterschreiben Sie dieses Blatt."

Er reichte mir einen Zettel, den ich unterschrieb, ohne zu beachten, was darauf stand. Ich empfahl mich und ging in die Modemagazine, wo ich mich völlig ausrüstete. Als Stutzer kam ich nach Hause. Vor meiner Zimmertür stand eine pompöse, übermässig elegant gekleidete Dame.

„O . . . Sie kommen endlich . . ." rief sie in einem gebrochenen Deutsch. „Ich bin Rubini . . ., Carlotta Rubini . . . ich höre, dass Sie heute abend die Kritik schreiben."

Ich geriet etwas in Verlegenheit.

„Verzeihen Sie . . . Signora . . ." stammelte ich . . . „ich wohne nur vorübergehend in dieser Höhle . . . bis ich eine Wohnung nach meinem Geschmack finde."

„O ich begreife . . . ich begreife . . ." sagte die Rubini und trat ein.

Sie nahm ihren Schleier ab und ich erkannte in ihr diejenige von den 500 Frauen, die mir in der Schmugglerhöhle zunächst gelegen hatte.

„Ach . . . ich hin so müde . . ." sagte sie . . . „darf ich ein wenig ausruhen . . . seit einer halben Stunde stehe ich auf der Treppe."

„Gewiss . . . gewiss . . . Signora, wenn ich Ihnen nur etwas anbieten könnte . . ."

„Ach ja, mein Herr . . . bieten Sie mir etwas an . . . lassen Sie etwas holen."

Ich ging hinaus und gab einem Jungen, der nebenan bei einem Schuster arbeitete, den Rest meines Geldes und beauftragte ihn, aus dem Kaffeehaus Champagner heraufzubringen. Wie recht gab ich jetzt den Schmugglern, die ihr Versprechen hielten, und mir zu den 500 Frauen nach und nach die so unentbehrliche Million zukommen lassen würden.

Als ich wieder in die Kammer trat, hatte sich's die Rubini sehr bequem gemacht. Es war ihr so heiss. Und als der Champagner kam, hielt ich bereits besorgt ihre Hand, denn sie hatte einen übermässig starken Pulsschlag . . .

Aber sie war nur ein Präzedenzfall. Ich könnte noch 499 Geschichten erzählen, wenn nicht die hohe Geburt, der europäische Name und der Reichtum meiner Heldinnen zu besonderer Diskretion verpflichteten. Aber aus rein psychologischem Interesse werde ich vielleicht doch einmal indiskret sein; nur muss ich vorher das Aussterben einiger Herrscherhäuser abwarten.